DREAMBOOKS★

DREAMBOOKS★

DREAMBOOKS

의원강호

기공흑마 신무협 장편소설

ORIENTAL FANTASYSTORY & ADVENTURE

dream books
드림북스

의원강호 7

초판 1쇄 인쇄 / 2015년 11월 9일
초판 1쇄 발행 / 2015년 11월 19일

지은이 / 기공흑마

발행인 / 오영배
책임편집 / 편집부
펴낸 곳 / (주)삼양출판사 · 드림북스

주소 / 서울시 강북구 도봉로 173
대표 전화 / 02-980-2112 팩스 / 02-983-0660
편집부 전화 / 02-980-2116 팩스 / 02-983-8201
블로그 / blog.naver.com/dreambookss

등록번호 / 제9-00046호
등록일자 / 1999년 3월 11일

값 8,000원

ISBN 979-11-313-0449-5 (04810) / 979-11-313-0216-3 (세트)

* 지은이와 협의하에 인지는 생략합니다.
* 잘못된 책은 구입한 곳에서 바꾸어 드립니다.

이 도서의 국립중앙도서관 출판시도서목록(CIP)은 서지정보유통지원시스템홈페이지
(http://seoji.nl.go.kr)와 국가자료공동목록시스템(http://www.nl.go.kr/kolisnet)에서
이용하실 수 있습니다. **(CIP제어번호: 2015029363)**

의원강호

기공흑마 신무협 장편소설

7

ORIENTAL FANTASYSTORY & ADVENTURE

dream books
드림북스

목차

의원강호

第一章
정돈하기

그의 눈만은 진실을 말했다.

살고 싶다고. 그게 진실이다. 다른 이는 몰라도 운현만은 그 눈빛의 의미를 분명 알 수 있었다.

살고 싶어 하는 자가, 죽었다.

살 의지가 있는 자가 자신의 손으로 목숨을 끊으려면 어떤 대가가 있어야 할까. 아니면 어느 정도의 압박이 있어야 그런 짓을 벌일 수 있는 걸까.

'상상도 안 되는군…….'

무슨 이유에서인지 몰라도 자신은 두 번의 삶을 얻게 됐다.

그럼에도 여전히 오래 살고 싶다. 죽음이 두렵다.

소박한 행복을 바라면서도, 죽더라도 족적을 남기고 싶다는 생각도 문득 들곤 한다.

그렇기에 스승의 유명이라는 미명하에 이렇게 의지를 불태워 사는 것일지도 몰랐다.

"다음이 있다고 말했었지."

죽어 가는 그 순간까지도 다음이 있다 말했던 자다. 자신이 죽어도 남은 것이 있다는 듯.

그러니, 이번이 끝이 아니라는 것은 바보가 아닌 이상에야 알 수밖에 없다.

운현에게 준 지속적 위기감.

그것이 정운용이라는 자가 죽으면서 남긴 족적이라면 족적이리라.

'죽으면 무슨 소용이라고…….'

그리 생각하면서도 한편으로는 그의 열망에서 무언가를 읽은 것은 분명하리라.

비밀스러운 죽음에 대한 심리(心裏)는 이것으로도 충분했다.

"정리도 우선 끝나가는 듯하고. 흐음……."

실상 정리라고 할 것도 없었다.

정운용이 죽어 그가 운용하던 상단은 사방팔방으로 찢어

지고, 심문을 할 자들도 우선은 개방에서 데려갔으니 자신이 손댈 것도 없는 상황이다.

이통표국에 반기를 들던 자들은 이제 슬슬 눈치를 보기 시작했으니, 그 정도는 아버지 정도의 능력이면 충분히 해결을 볼 터다.

번거로운 일 하나를 처리했으니, 남은 것은 다음 일에 대한 준비다.

'우선은 돌아가면서 생각을 해 볼까?'

정운용이 죽고 며칠 후.

오랜 시간 호북성 북쪽에 머물기만 할 것 같았던 운현이 하연화와 등산을 향해 출발했다.

"저라도 움직이겠습니다. 사형."

"허어…… 어쩌려 그러는가? 대의는?"

"……."

남은 자의 한탄이 저 멀리 동쪽에서도 이어지고 있었다.

* * *

토사곽란을 치료할 때처럼 화려한 행렬은 없었다.

"이번만큼은 조용히 넘어가도록 부탁드립니다."

"……최대한 노력해 보지요."

하연화에게 부탁하여 이번 이동할 때만큼은 사람들의 주목을 받지 않게 해달라 한 덕분이다.

'간단하지만 방법 자체는 좋군.'

수단은 마부의 고용이었다.

경공을 펼치거나 할 것도 없이 하오문 출신의 마부 하나를 고용하는 것으로 사람들의 이목을 피할 수 있었다.

어느 현에나 있는 지역 유지들과 같은 적당한 화려함을 갖춘 말은 의외로 사람들의 시선을 끌지 않았다.

산적들도 거의 정리가 된 덕에, 산길에서조차도 편히 움직일 수 있을 정도.

그렇게 운현은 사람들의 환호 하나 없이 등산현에 조용히 몸을 들일 수 있었다.

"저는 그럼 먼저 가 보도록 하겠습니다."

"일이 많이 밀리셨을 터인데, 도와 드릴까요?"

"후후. 마음만 받을게요. 하오문의 일인 걸요."

이런 때는 또 선을 긋는 하연화다.

실상 하연화만큼이나 운현 또한 정리할 것이 많은 상황.

그녀를 돕는 것도 좋지만 자신의 할 일부터 하는 게 옳은 일일지도 모른다.

"……배려 감사히 받겠습니다."

"후후. 배려는요. 당연한 일인 걸요. 그럼 다음에 또 뵙겠습니다."

"예. 몸 보중하시구요."

"호홋. 아프면 신의님이 간호해 주실 거잖아요?"

"……그런."

"농담이에요. 그럼 먼저 갈게요. 정말 많거든요."

왠지 아쉬워 보이는 그녀의 표정이 스쳐 지나간다.

정말 일이 많았던지 그녀는 바로 그 자리를 떠났고 운현은 운현대로 자신의 의방부터 찾았다.

먼저 부모님을 뵙는 게 도리나, 의방 쪽이 더 급했기 때문이리라.

'얼마나 바쁠까?'

기대를 저버리지 않는 건지 적벽현을 맡았던 학사 한울이 운현을 보자마자 반색한다.

"오셨군요."

"잘 있으셨습니까?"

"아무렴요! 신의님도 오셨으니 드디어 정리가 되겠습니다!"

"……하하. 일이 많이 밀렸습니까?"

"물론이지요! 제가 하는 것과 신의님이 하는 게 같겠습니까? 어서 오시지요."

"흐…… 알겠습니다."

어쩌랴. 자신이 벌인 일들이 이렇게 되돌아온 것을.

피할 수도 없는 일이다. 되려 일을 즐기면서 해야 할 판이었다.

그래도 한울과 다른 학사 출신 사람들을 보면 어여삐 여겨질 따름이다.

이번 일에서 그들의 역할이 없었더라면, 상상만 해도 아찔하다.

함녕은 막았어도 적벽에서 또 일이 벌어졌을 거다.

그리되면 지금처럼 정리는커녕, 적벽을 향해 또 달려가야 했다.

모든 일을 처리하기 전까지는, 끝나지 않을 일이 정운용이 벌인 일이었으니까.

"자아, 이것부터 해 주시면 됩니다."

"……많군요."

"반도 안 됩니다!"

그러니, 한울이 건네주는 일거리들을 기꺼이 받아들이는 운현이었다.

얼마나 될지 모를 서류의 더미. 문서가 아닌 구두로 넘겨질 보고까지 하면 과연 얼마나 될까?

'……아찔하군.'

일은 이제부터 시작이라고 생각하며 운현이 일에 파묻히기 시작했다.

*　　*　　*

저녁이 지나 완연한 밤.

잠시 일의 정리를 하고, 집으로 돌아가 부모님을 뵌다고 하는 것이 어느덧 밤이다.

허나 밤이라고 하더라도 아직 일 처리를 다 한 것은 아니다. 당분간은 치료가 아니라 이 일에 붙어 있어야만 할 정도다.

'내가 만든 체계긴 하지만…… 어지럽구만…….'

구두가 아닌 문서로. 이왕이면 체계적으로 정리를 해서.

라는 이야기는 자신이 의방에 속한 학사들에게 말한 체계다.

그 체계를 쌓고, 교육을 한 것도 자신이었다.

덕분에 효율성이 있기는 했지만, 자신이 아니고서야 처리하지 못하는 것도 분명 생겼다.

'결제가 문제지…….'

바로 결제.

한울에게 많은 권한을 주기는 했지만 마지막까지 책임을

지는 자는 자신이다.

그러니 한울이 정리를 해서 건네어 준 문서들을 결제해야 하는 의무가 자신에게 있었다.

그 의무로 어느덧 밤까지 시간을 보낸 거다.

"……무공도 있는 시대에 서류 정리라니……."

전생에서도 이러지 않았거늘. 왠지 서글퍼지는 운현이었다.

그래도 곧 집이다. 집에만 가면 쉴 수 있지 않겠는가?

그런데.

"허허. 왔느냐?"

"아버님? 늦은 시간인데 아직 주무시지 않으신 겁니까?"

"아들이 돌아왔는데 어찌 쉬고 있을까."

"아버님……."

표국의 일로 바쁜 아버지다.

특히나 이번의 일로 피해도 큰 터. 이런 시간을 잠시 할애하는 것도 국주인 그로서는 큰 무리였을지도 모른다.

"이번 일은 죄송하게 되었습니다."

자신이 나서게 된 것에 대한 사죄다.

처음 운현에게 아버지가 표국의 일을 말하지 않았음은, 아버지 자신이 처리하겠다는 의지의 표현이었다.

그럼에도 운현은 나설 수밖에 없었다. 함녕의 일로.

"아니다. 네 일이 내 일이 되기도 하잖더냐. 능력 있는 아들을 둔 덕이지. 허허."

"……이해해 주셔서 감사합니다."

"허허. 덕을 봤는데 이해하고 말고 할 것이 무엇이더냐. 다만 이번 일로 많은 것을 느꼈다."

"그러셨습니까?"

"그래. 세상사 모두 마음대로 되지 않는 것은 다 알고 있었지만, 이번 일은 충격이 크긴 하더구나."

"아버지……."

아버지라면 그랬으리라.

이후원은 누군가에게 피해를 주고 살아온 인물이 아니다. 그럼에도 일방적인 공격을 받았다.

'내심이 복잡하시겠지.'

단지 일을 새로운 방식으로 벌인다는 이유로, 어지간한 표국이라면 망했을 법한 일을 당했다.

충격이 크지 않으면 그게 더 이상했다.

"허허. 그리 보지 않아도 된다. 걱정 말거라. 이 일로 무너질 이 아비가 아니니."

"예. 믿습니다."

"다만, 이참에 일 하나를 부탁해 둬야겠구나."

"일이라 하심은……."

"자세한 것은 우선 한 끼 들고 이야기하자꾸나."

"……예."

식사도 안 하고 기다리고 계셨던 건가. 대체 무슨 일을 하려 하기에 그러하신 걸까?

약간의 부담감과 긴장감을 가지고서 자리를 갖는 운현이었다.

*　　*　　*

"몸부터 챙겨야 한다, 알았지?"

"예에. 어머니부터요. 지어드린 보약은 드시고 계시죠?"

"아무렴! 누가 지어 준 건데!"

처음엔 어색하기만 했던 식사도, 어머니의 자애로운 말 덕에 부드러운 분위기로 변하는 건 금방이었다.

아버지 이후원으로서는 무슨 고민이 있는 건지, 얼굴이 펴질 줄을 몰랐지만 그래도 제법 단란한 식사라 할 수 있었다.

"다 먹었으면 들어가 보자꾸나."

"예에. 잠시만요. 어머니, 먼저 들어가 보도록 하겠습니다. 지민도 수련이 끝나면 자도록 하구."

"호홋. 그래. 오랜만에 단란하게 식사를 하니 이 어미도 좋았다. 다음에도 꼭 같이 하자꾸나."

"아침도 있는 걸요?"

"미리 준비를 해 두마."

어머니는 아들인 운현과 함께 하는 것으로 만족을 하였고.

"예……."

지민은 당장 무언가 할 말이 있는 듯 보였다.

허나 이후원이 있어서인지 나중에 말을 하려는 눈치였다. 그 정도 눈치는 가진 아이였으니까.

"갈까요?"

"허헛. 그래. 가자꾸나."

드디어 본론이다.

* * *

표국에도 집무실을 따로 두었지만, 집이라 해서 이후원이 담소를 나눌 집무실이 없을 리가 없었다.

이곳에서도 일거리가 있는 것인지 집무실 안에는 이후원이 처리하던 것들이 곳곳에 널려 있었다.

'어지럽군…….'

평소 깔끔하던 성격을 자랑하던 이후원이 이리 일을 벌려

놓은 것을 보면 그간 집무실 하나 신경 쓰기 힘들 만큼 많은 일이 있었음을 증명했다.

"……허허. 언제부터인가 단출하게 지내는 게 힘들게 되더구나."

"바쁘시니 어쩔 수 없는 일이지요."

"그러면 좋겠다만…… 흥한 일로 바쁜 것과 횡액과 같은 일로 바쁜 것은 다른 차원의 일이지 않더냐."

"……고생하셨습니다."

운현으로서는 이 말밖에 달리 할 말이 없었다.

"고생은 무슨…… 너야말로 고생했다. 네 어미에게 말하지는 않았지만, 암습도 받았다지?"

"……소식이 들어갔습니까?"

"나중에서야 개방에서 알려 주었다. 고생했다. 정말, 고생했어."

"고생은요. 해야 할 일을 했을 뿐이지요. 하핫. 괜찮았습니다. 살다 보니 그런 경험도 하더군요."

"녀석. 농담을 할 정도로 쉬운 일은 아니라 들었다만…… 그래도 편히 말하니 좋구나."

"그렇습니까? 하하."

"그래. 그 모습이 좋은 게지. 그런 게야."

아들을 바라보는 이후원의 눈은 따뜻하기만 했다.

자랑스러운 아들을 둔 아비의 뿌듯함이 서려 있는 눈빛이었다.

그런 따뜻한 눈빛 가운데, 아주 작게 서린 피로함은 아버지로서 아들에게 도움이 되지 못했다는 것에 대한 작은 실망감 때문이리라.

철없는 아들이라면 모를까.

운현으로서는 아버지의 눈빛에 서린 작은 피로감을 분명 느낄 수 있었다.

'대체 무슨 일이기에…….'

현역으로서 누구보다 정력적으로 일하던 아비가 피곤한 기색을 띤 채 이야기하려는 바가 뭘까?

고민을 할 찰나에 이후원도 말을 해야겠다 여긴 건지, 닫혔던 입을 열었다.

"……이 아비가 이번 일로 많은 생각을 했다. 표국에 대한 것과 너에 대한 생각…… 그리고 앞으로에 대한 생각이었지."

"그러셨습니까……."

"그래. 잘난 아들을 둔 것에는 여전히, 그리고 앞으로도 자랑스러울 것이다. 그건 분명 아비로서 당연한 일이다."

"……감사합니다."

"아니다. 당연한 일인 것을. 허허. 그러니 이번 일은 분명 아비로서 자랑스러웠다."

누가 시키지 않아도 자식이 잘되면 가장 기뻐하는 건 부모다. 이후원도 분명 그러할 거다.

"허나…… 아비가 아닌 이통표국의 국주로서는 많은 생각이 들더구나."

"……예."

처음 이통표국이 공격을 당했음에도 나서지 않은 것은, 현역으로 뛰고 있는 아비에 대한 배려였다.

'믿고 있으니까…….'

자신이 굳이 나서지 않더라도 현역인 아버지는 이 일을 잘해 나갈 수 있다는 것을 믿었으니까.

자신이 없더라도 당당하게 해 나갈 아버지란 것을 믿었으니 나서지 않은 거다.

허나 결론적으로 운현은 자신으로 말미암아 피해를 받은 자들을 위해 나설 수밖에 없었다.

"네가 어쩔 수 없이 나서야 했다는 사정은 개방으로부터 전해 들었다."

"나중에 와서 말씀드리려 했던 것을 괜한 짓을 했군요."

이런 건 아비와 아들이 해야 할 이야기다. 개방에서는 나서지 않았어도 되었다.

그렇기에 개방에 관해 좋은 소리는 나오지 않는 운현이었다.

"허허. 이 아비가 요청한 것이다. 아비로서 궁금하였으니까."

"그러셨습니까."

"그래. 그러니 그들을 탓하지 말거라. 다시 본론으로 와서…… 국주로서 보자니, 이 아비가 부족한 점이 많더구나."

"아닙니다. 부족하시다니요! 절대 그럴 리가 없습니다!"

자신의 아버지다. 누구보다 정력적인 아버지다. 이제 와서 부족하다니.

당장 그가 부족했더라면 이통표국이 어려울 때 많은 표국 사람들이 남아 있어 줬을 리가 없다.

모두 이후원에 대한 믿음이 있었기에 남아 준 것이리라.

"허헛. 아니다. 내 능력이 부족한 것은 사실이잖느냐. 능력은 능력인게지. 자기 능력이 부족한 걸 객관적으로 보지 못해서야 어디 표국을 이끌겠느냐. 인정할 것은 해야 하는 게지."

"……."

무슨 말을 할까.

운현으로서는 잘만 벌려지던 입이 지금에선 열리지 않았다.

이번 일로 진정 많은 것을 느끼고, 생각한 바가 있는 아버지였다.

“허허. 왜 그리도 서글픈 눈을 하느냐. 이 아비가 부족하다고 해서 어디 가기라도 하느냐?”

“아닙니다.”

“너무 걱정 말거라. 객관적으로 보는 것은 보는 것이고…… 욕심은 또 욕심이지 않더냐? 부족함을 절감하긴 했다만, 아직 현역에서 물러날 생각은 없다. 그러니 그런 눈으로 보지는 말거라.”

“예. 그러셔야지요!”

다행이었다. 부족함은 부족함이고, 국주로서의 일은 국주로서 움직이는 이후원이었다.

“원 녀석도…… 그래도 이 아비로서, 아니 국주로서 부탁을 좀 할 수밖에 없겠구나.”

“무엇인지요?”

어지간해서는 부탁하는 법이 없는 아버지다. 그런 아버지의 부탁이란 뭘까.

“본래는…… 네가 의원으로서 큰일을 하려 하니, 표국의 모든 일은 둘째가 오면 맡길 생각이었다.”

“예. 예상은 하고 있었습니다.”

“그래. 아들들 모두 그리 생각하고 있는 것은 알고 있었다. 다툼을 벌이지도 않을 거라 여겨 기꺼워했지. 허헛.”

첫째 명학은 무당의 정식제자다.

본래는 속가제자가 될 예정이었으나 노력으로 정식이 됐다. 그는 무를 닦는 데에 맞는 우직함을 가졌으니, 국주보단 무인으로서가 맞았다.

둘째도 정식제자가 되었지만, 가업을 잇기 위해서 올 터다.

셋째인 운현이 표국을 맡지 않으려 함은 이미 어려서부터 뜻을 말해 왔으니, 정식으로 말은 하지 않았어도 예정된 수순이다.

"그런데 말이다. 이번에는 네가 좀 나서줘야 할 것 같구나."

"나서야 한다는 말씀은……."

"이번 일로…… 이 아비가 능력이 부족함을 실감하였다 말하지 않았더냐. 그 부족함을 네가 좀 채워 주었으면 하는구나."

"어떤 방식이신지요."

아들의 의견을 기껍게 받아주기만 하던 아버지다.

명예를 잃어도 승정환을 팔아달라면 승정환을 팔아주었고, 무공이 아닌 의술에 전념한다고 하더라도 허허 웃으며 받아주었었다.

묵묵히, 그러면서도 든든하게 자신을 받아주던 아버지가

아니던가.

그런 아버지의 말이니 그 방식이 무엇이든 따를 참인 운현이다.

"어려운 것은 아니다. 다만 분리를 할 뿐이지."

"분리라 하심은?"

"이번 일을 겪어 보니 하나는 바로 알겠구나. 우리 표국은 뿌리가 부족하다."

"뿌리 말씀이십니까?"

"그래. 뿌리. 어려움이 닥쳤을 때, 표국만으로는 헤쳐 나갈 수가 없더구나. 허허. 한계가 있었어."

'한계라…….'

이번의 일은 너무 큰일이기는 했다.

성세를 자랑하기 시작한 이통표국이라지만, 아직 한 현에 머무르는 표국인 터.

여러 상단이 달려드는데, 그걸 버티는 것 자체가 쉬운 일일 리가 없었다.

거기서 이후원은 한계를 본 듯했다.

"표국이 이대로면 안 되겠더구나. 표국이 표행에서 돈을 얻는 건 당연하나…… 그것만으로는 부족한 듯했다."

"그러셨습니까."

운현도 이에 관해서 움직여 놓은 바가 있었다. 바로 남궁세가와 벌이고 있는 일이다.

헌데, 이후원도 자신과 같이 방안을 생각하고 있었던 듯하다.

"그래. 해서 생각을 했지. 세가. 그래 제갈세가나, 남궁세가와 같은 곳은 어찌 버틸까. 다른 거대 상단이나 표국은 어찌 움직일까를 한없이 생각했다. 어떻게든 버티기 위해서였다."

"그 결과가 나오신 거로군요."

결과가 나오지 않고서 이야기를 꺼낼 아버지가 아니다.

무언가 결과를 얻었기에, 자신에게 무언가를 시키시는 걸 게다.

"그래. 함녕이나 다른 현은 안 될 거라 여긴다. 원일 상단이나, 다른 상단에 피해를 줄 수는 없음이지."

"으음……."

"다른 현은 안 되어도 이곳 등산현, 그리고 통산(通山)이나 통성(通城)현에는 가능하다 싶더구나."

뿌리. 위기에 대한 대응. 지금까지의 경험을 토대로 한 생각. 운현이 가진 세력. 그리고 부딪침.

여기까지 나온 근거들로도 그 뒷이야기는 알 만하였다. 해서 운현이 먼저 물었다.

"상단……을 세우라는 건가요? 제가요?"

"아니다. 상단으로서의 일은 이미 표국을 통해 하고 있지 않더냐?"

특산물을 정리하고, 이를 통해 이득을 얻는다.

모두 상단이 하고 있는 일이었다. 그러니 운현이 상단을 만들어서야 표국이 하는 일과 겹칠 뿐이다.

"……그렇다면 무슨 말을 하시는 건지 잘 모르겠습니다."

"허허. 어려운 게 아니다. 예상 외로 많은 신경을 쓰지 않을 일일는지도 모르지. 상가들을 열어 주지 않겠느냐? 네가 주도를 한 상가들 말이다."

"아…… 그렇게 해서 밑자본을 모으시려는 거로군요."

"그래. 상가 하나로는 당장 표국에서 벌어들이는 수익에 비하면 한참은 모자랄 테지. 아마 많은 상가가 모여도 표국이 성장하고 있는 만큼 충분한 수익을 낼 수 없을지도 모른다. 그건 이 아비도 예상이 가더구나."

"……대신에 지속적으로 돈이 들어오기는 하겠지요."

"그렇다. 네가 만든 승정환이나, 약, 그 외의 것들이 많지 않더냐? 그것을 크게 팔아 주었으면 하는구나. 단순히 표행에 껴서 파는 정도가 아닌 것으로. 괜찮겠느냐?"

이후원은 아버지라 해서 운현이 만든 상가로부터 돈을 갈취해 가지는 않을 거다.

대신 운현이 상가를 운용함으로써 생기는 표행이나, 그밖에 다른 부수적인 수익을 원할게다.

상가를 운용할 상황까지는 못 되니 운현에게 맡기려고 하는 것이었다.

"이 아비는 국주로서 자랐고, 국주로서 살아왔다. 앞으로도 그럴 테지. 그러니 부탁하고 싶구나. 해 줄 수 있겠느냐?"

"……."

이 정도까지 생각하는 것만으로도 아버지로서는 파격적인 생각이다. 중원인으로 태어나고 자란 그로서는 많은 생각 끝에 얻은 결론이리라.

그러니 운현으로서는 할 말이 하나뿐이었다.

"……최선을 다해 보겠습니다."

"허헛. 그래, 부탁하마. 안 그래도 힘든데 일을 떠안겨서 미안하구나."

"아닙니다. 본래 해야 할 일이 좀 늘어났다 생각하지요. 하핫."

미안해하는 아버지의 마음. 그 정도면 충분히 보상은 되었다.

호북성 전역에 의방을 만들려 했던 게 본래의 목적 아니던가. 거기에 좀 일이 추가됐다 여기면 된다.

표국과 의방이 함께 성장할 수 있는 기반을 만들어 가며 서로 커 가면 되는 셈이다.

'일이 좀 늘어나긴 하겠지만…….'

그 정도야 감수할 수 있는 터.

처음 왕 의원이 남겼던 유언에, 지민의 아비가 남긴 부탁이 더해지고, 운현 자신의 뜻과 아버지로서의 부탁까지 더해졌다.

누군가에게는 무겁기만 할 업이자, 꿈일 수도 있건만 아버지의 눈을 보며 좀 더 힘을 내는 운현이었다.

第二章
단지 더 보탤 뿐

상단이 아닌 상가.

쉽게 말해 가게를 내는 것은 어려우면서도 쉬운 일이다.

돈이 있으면, 가게를 얻을 수 있고 그곳에 영업을 하면 될 일.

이렇게 이야기하면 단순하다. 하지만 치밀하게 파고들면 복잡해질 수밖에 없다.

'사람 사는 곳이니까…….'

영역이란 게 있다. 본래부터 그곳에 장사하던 자들을 생각해야 한다.

영역이 겹친다면 상업이 발달하지 못한 중원에서 서로 잡아먹기밖에 안 된다.

상가 하나, 적당한 상단 하나쯤이야 못 이길 것도 없는 운현이긴 하다. 승정환, 오행환에 의방에서 벌어들이는 돈도 무시할 수 없는 수준이다.

하자면 못할 것도 없지만 할 생각은 없다.

'대기업이 골목 상권 잡아먹는 거랑 다를 게 뭔가…….'

돈으로 밀어붙이는 것이 효과가 가장 좋음을 알지만, 겪어본 바가 있기에 하지 않을 뿐이다.

다른 이유도 있다. 그의 꿈과도 배치되는 일이기도 했으니 안 하는 거다.

아픈 자가 없도록, 아프더라도 누구나 치료를 받을 수 있게 호북 전체에 의방을 만든다는 취지는 좋다. 그러나 그러자고 다른 가게를 망하게 하면 뭐가 되겠는가?

막말로 상가 하나 무너트리면, 상가에서 삶을 나는 가족은 그대로 병에 걸릴 수도 있는 거다.

화병에서부터, 갑작스레 무너진 가게로 앓아누울 수도 있는 거다.

'안 될 일이지…….'

그러니 다른 이들에게 피해도 주지 않으면서, 그의 꿈에도 보탬이 되는 그런 상가를 여는 게 나았다.

아직 중원에서 보편화되지 않았으면서도, 하자고 하면 얼마든 할 수 있는 걸 하면 됐다.

'여태까지 왜 이걸 생각 못 했는가 모르겠군. 이거면 더 빨라지겠는데?'

상가를 차리라는 건, 아버지로부터 나온 생각이지만 하면 할수록 꽤 매력적인 생각이었다.

업종 덕분.

"약국."

의방은 나중에 열어도 된다. 눈치껏 보다가 열면 되는 거다.

하지만 상가는?

아무리 황녀라 하더라도 막거나 하지 않을 거다. 상단을 세워버리는 것도 아니니까.

상가 규모가 커지게 되면 후에는 어지간한 상단 하나를 잡아먹어 버릴 정도가 되긴 하겠지만, 그건 그때 가서 이야기다.

이쪽이나, 저쪽이나 여러모로 생각해도 약국만큼 좋은 업종이 없었다!

"팔 것도 많군. 좋네."

승정환은 기본이다.

약국의 기본 중 기본. 이건 전생의 말로 히트 상품이 돼 줄 거다.

오행환은 원일 상단을 생각해서 소량만 판매할 셈이다.

지금이야 많은 이들이 없어서 못 사지만, 나중에 가서는 수가 줄어들 것도 생각해야 할지 몰랐다.

장복을 해야만 효과를 크게 보는데, 지금 가격은 확실히 개인이 사기엔 비쌀 수 있다.

'반짝 판매일 따름이지…….'

나중에 가면 살 수 있는 자들만, 지속적으로 사게 되는 그런 물건이 될 것이 뻔했다.

그것만으로도 나쁘지는 않았지만 어쨌든 조절을 할 필요는 있었다.

여기에 더할 것이 소화제, 진통제, 금창약 같은 기본적인 것들이다.

어느 의방이나 팔기는 하지만, 같은 품질, 같은 성능으로 꾸준히 팔게 되면 어떨까?

무림인들이 '금창약하면 의선문이지!' 라고 말을 하듯, 저 멀리 의선문처럼 좋은 상표가 될 수도 있을 일이다.

거기서 벌어들이는 수익으로, 이통표국에 표물을 맡겨 나눌 것은 나눠주고 자신은 의방은 의방대로 확장하면 된다.

'여태 왜 이 생각을 못 했는지 모를 정도군…….'

전부터 해야 했을 일을 이제야 하니, 왠지 억울한 느낌까지 들 정도다.

"약초밭도 조금만 더 있으면 성과가 나온다고 하니까. 뭔가 착착 돌아가는군."

운현이 자신이 가진 지도에 하나둘 계획을 적어 나가 본다.

시작은 등산부터, 여기야 이미 의방이 있으니 약방이라고 해 봐야 시늉 정도가 될지 몰랐다.

다음은 원일 상단과 협의하여 함녕에 한둘 정도.

적벽이야 한울로부터 들은 바에 의하면 별달리 협조적이지 않았다. 하니 사정을 봐가면서 작은 상가들만 죽지 않을 정도로.

나머지 현들은 통산부터 시작해서 차차 늘려가는 방식이다.

의방을 그려가면서 아래로, 아래로 내려가던 운현의 시선이 호남에서 멈춘다.

"음…… 사파의 영역만 아니면 호남성도 나쁘지는 않을 텐데…… 무인으로서가 아닌 의원으로서는 어찌 안 되려나?"

아쉽기는 하지만 아무리 살펴보아도, 당장은 역시 무리다.

'한 술에 배부를 순 없으니까…….'

언젠가는 의선문이나 대륙 상단처럼 만들 수도 있을 일이다. 지금처럼 호북에만 머물러도 나쁠 게 없기도 하고.

"그럼 우선 상가부터 구매를 시작해 볼까?"

슬슬 움직이기 위해서 나설 찰나.

"큼큼…… 신의님 계십니까?"

"엇? 예! 들어오시죠."

점차 익숙해지기 시작한 목소리가 그의 귀를 간질였다.

* * *

"실례 좀 하겠습니다."

왕훈이다.

삼권호, 우한철, 이칠아와 함께 소속된 무사 중 한 명으로 검술의 기초가 제대로 잡힌 자다.

어디 출신인지는 밝히지를 않으나, 무공 자체는 확실한 터.

행적이 정파의 무인에 가까웠기에 기꺼이 아이들을 맡기는 데 거리낌이 없을 만한 자였다.

많은 무인들이 모두 적벽이나 함녕에 나가 있을 때도 그는 끝까지 남아 아이들을 맡은 무사 중에 하나였다.

"실례는요. 그나저나 아이들을 가르칠 시간이지 않습니까?"

저녁 수련 시간이다.

아이들에게 초식을 가르칠 시간이니 심법 수련 시간보다 더욱 스승이 필요할 시간이었다.

"그렇기는 하지요. 하지만 급한 전할 말이 있어, 권호 형님께 맡겨두었습니다."

삼권호는 스승을 맡은 무인들을 통솔하는 자다.

무력이 강하여 사방에 일을 도맡아 하는 자기도 했으니 그에게 맡겨도 문제는 없을 거다.

"급한 일이시라…… 어떤 일이신지요?"

"아이들의 문제입니다."

"아이들…… 음…… 설마 벌써인 겁니까?"

"……그렇더군요. 제가 아이일 때는 몰랐지만, 이렇게도 빨리 자랄 줄은 정말 몰랐습니다."

아이들을 받아들인 지 아직 몇 해가 지난 것도 아니다.

모이는 기간이 있어 차이가 있기는 했지만, 기껏해야 일 년 내외다.

'그 사이…… 결국 터진 건가.'

많은 아이들을 받아들였고 여아와 남아를 가리지도 않았다. 나이도 들쑥날쑥한 편이다.

거기서 발견되는 문제는 뻔했다.

"나이를 먹은 아이들도 노력을 하면 쫓아오기는 했습니다. 어린아이들도 곧 잘 따라오고 있기는 합니다만은……."

"역시…… 자질의 문제로군요?"

"그렇습니다. 토납법으로 가르쳐 본 결과, 끝끝내 못 따라오는 아이들도 분명 있었습니다."

아직 기초적 수준이다. 그리고 뻔한 이야기다.

삼십 명의 아이를 모으면, 삼십 명 모두 각기 개성이 있다. 재능이 다르다. 받아들임이 다르고, 배움의 속도가 다르다.

그러니 차이가 벌어진 거다. 단 일 년 사이에. 배움이 빠른 아이와 느린 아이가 생겼다.

'몇 년은 더 시간이 있을 거라 여겼는데…….'

무공도 구했고, 주석도 달아가며 차분히 준비를 하면 된다 여겼는데 예상보다 빨랐다.

"기초 수련법을 사용해도 차이를 메꾸기 힘듭니까?"

"……모두가 같이 수련법을 익히지 않습니까. 거기서도 또 차이가 벌어지는 거지요."

"어렵군요."

"예. 이대로면 언젠가는 극명한 차이가 날지라…… 그렇다고 우리가 사파도 아니지 않습니까? 마교도 아니고요."

사파는 수련에 따라오지 못한 아이는 버린다.

죽이 되든 밥이 되든 상관치 않고 버리는 거다. 때로 운이 좋아봐야 하급무사가 되다 소모품 취급받기 일쑤다.

그도 아니면 파락호, 소매치기 같은 하류 잡배로 인생이 끝난다.

마교? 거기는 말할 것 있겠는가.

교를 위한다는 명목으로 고아뿐만 아니라 어린아이도 데려와서는 죽을 만큼 훈련을 시킨다. 따라가지 못하면? 죽는 거다.

말 그대로 죽을 만큼의 훈련을 시키는 거다.

그러니 훈련을 통과한 마교 무사들이 강력하다 일컬어지는 거다. 죽을 고비를 몇 번은 넘기고 자란 자들이니까.

'……우리가 그리 될 수는 없지.'

허나 자신은 마교나 사파처럼 할 수도 없었다. 할 의지도 없었다.

일단 보듬었으니 어떻게든 살길을 내주기는 해야 했다.

그들을 받아들임으로써 그들의 인생에 끼어들었으니 그게 책임이다.

그래서 어려운 문제다.

"흐음…… 어떻게 하면 좋겠습니까?"

"억지로나마 훈련을 따라오게 하면 어찌 되기는 하겠지만…… 역시 강해지지는 못할 겁니다."

친구는 강해진다. 같이 있는 아이들이 강해진다. 자신보다 어린 아이가 더 강해질 수도 있다.

그런 것을 보고자라면, 그 아이는 행복할까?

그럴 수도 아닐 수도 있다. 확실한 건 행복치 않을 확률이 높다는 거다.

"그 아이들만 특별 대우를 할 수는 없으니……."

"기초 수련이 끝나면 언젠가는 선택을 할 때가 오실 겁니다. 예상 외로 점점 빠르게 오고 있구요."

상가를 설립하는 일도 문제지만, 이도 문제는 문제였다.

'더 끌어봐야 일 년. 그 기간 내에는 방법을 마련해야겠구나…….'

가만 보니 단지 무공을 얻고 주석을 달아 주는 것으로 될 문제가 아니었다.

"우선은 최대한 빠르게 무공을 건네드리도록 하겠습니다. 부족하기는 하겠지만, 각자 개성에 맞는 무공을 익히면 좀 더 나아지겠지요."

"그 역시 재능에 기대는 방법이지 않습니까?"

"예. 그래서 임시방편입니다. 그다음으로는…… 역시 자립을 할 수 있게 도와줘야겠지요."

"자립 말씀이십니까?"

많은 무공을 가르쳐 최대한 적성에 맞는 무공을 가르친다는 것. 그게 우선 할 수 있는 최선이다.

하지만 운현이라 해서 신은 아니며, 한 명의 인간이기에 모두에게 재능에 맞는 무공을 가르칠 수는 없다.

누군가는 무공이 아닌 것에 재능을 가질 수도 있었다. 그러니.

"예. 꼭 의방의 무사로서가 아니라 다른 길도 있지 않겠습니까? 약학, 의학, 그리고 앞으로 할 일에도 함께할 수 있을 겁니다."

"아…… 여러모로 현실적이군요."

"현실에 맞게 대처할 수밖에 없으니까요."

그는 운현이 신묘한 수라도 사용하여 방안을 제시할 거라 생각한 듯했다.

모든 아이들의 재능을 높여주는 약이라든가, 신외지물 같은 그런 것을 바랐을지도 모른다.

아직도 미신이 먹히는 시대니까.

하지만 현실로서 대처해야 했다. 그런 약은 지금 만들래도 만들 수도 없는 약이니까.

"다만 강제로는 시키지는 마시지요. 무공을 하고 싶어 하는 아이는 무공을 하게 두세요."

"그래서야…… 하급으로 끝날 수도 있습니다. 삼류무사로요."

"예. 그래도 안고 가야 합니다. 혹시 또 모르잖습니까? 의지가 있는 자는, 때로 재능 이상을 보여주니까요. 저는 그게 가능하다 생각합니다."

"……끝까지 기회를 주시되 현실적으로 해결코자 하지는 것이군요."

말을 알아듣는 게 빠른 자다. 무인으로 있지만 학사가 더 어울리는 자기도 했다.

"예. 그게 당장에는 최선인 듯싶습니다. 일단은요. 다만 앞으로 보완을 하기는 해야겠지요. 이 부분은 저도 최대한 노력토록 하겠습니다."

"예에……."

당장 아이들을 위해 할 수 있는 건 이 정도다.

왕훈은 신묘한 수를 내주지는 못하는 운현의 말에 당장은 실망을 한 듯했다. 아이들을 자식처럼 생각하며 교육하는 그이니 부모와도 같은 마음으로 그런 것이리라.

스승으로서는 좋은 스승이다. 부모님이 없는 아이들에게는 좋은 부모 역이 될 수도 있는 자고.

그런 그의 감정이 전염된 것인지 운현도 심려가 커지고 있기는 했다.

그러나 당장을 할 수 있는 게 없었다.

아이들의 과정을 세분화하기 위해서는 제갈소화와 함께 여러 방안을 짜고 나눠봐야 할 거다.

'가르칠 사람도 부족하니까…… 또 모집해야겠군.'

여러 문제가 발생하고 있다. 그럼에도 한 걸음씩 나아가며 해결해야 할 때였다.

그로서는 언제나와 같은 방법으로 나아갈 수밖에 없었다. 최선을 다하는 것. 그게 최선이다.

*　　*　　*

한 걸음씩 나아가는 건 운현에게만 통용되는 건 아니었다.

모두가 각자의 삶에서 노력이 더해지고, 삶에 무게가 더해지며 성장해 나가는 것이 아닌가.

운현의 첫째 형인 이명학 또한 끊임없는 노력 끝에서 무당의 정식제자에서 나아가서는 촉망받는 후기지수에 가까워진 무사다.

냉정하게 말해 그의 본바탕은 부족할지도 몰랐다.

무당에서 고르고 골라, 어려서부터 벌모세수와 함께 영약을 먹인 후기지수를 단순히 노력만으로 따라잡기에는 그 격차가 컸다.

허나 희망이 없는 것은 아니었다.

이통표국에서 끊임없이 보내오는 영약과 그의 노력이라면, 언제고 후기지수를 따라잡을 희망이 있는 상태였다.

때로 무공이라는 것은 깨달음으로 단숨에 벌어진 차이를

따라잡기도 하니, 아주 확률 없는 희망은 아니었다.

또한 그는 무당 내에서도 무공 수련광으로 소문나지 않았는가. 가능할 거다.

오늘도 수련을 하고 있는, 오직 수련뿐인 이명학을 그의 스승 되는 운인 도장이 불러들였다.

그도 나이를 먹어 가는지, 얼굴은 아직 많이 늙지 않았으나 수염은 길게 길어가고 있었다.

"슬슬 때가 왔구나."

"……준비는 하고 있었습니다."

"허허. 그렇더냐."

수련행. 누군가는 기로행(崎路行)이라고도 말하는 무당의 전통을 해야 할 때가 찾아왔다.

무당의 개파조사는 장삼품이지 않은가.

소림문하 출신이라고도 때로 일컬어지기도 한 그는, 무당파의 영산을 보고 도를 얻었고 그 뒤 무당파를 개파했다고 알려진 유명한 자였다.

중요한 건 그 뒤였는데, 그가 무림을 돌아다녔다는 거다. 무려 수백 년간이나.

누군가는 여러 신선들의 행적을 모두 장삼봉의 것이라 말하고, 또 누군가는 장삼봉이 도술을 써서 수백 년간을 다녔다고도 말을 한다.

하지만 무당에게 중요한 건 그런 게 아니었다.

장삼봉 조사가 수백 년간 무림을 돌아다니며 보인 행적이 중요했다.

"혹자들은 고생만 해서 기로행이라 말하지만, 명학이 너는 그 의미를 알겠지?"

"……무림, 나아가서는 중원의 평화를 위해서지요. 제가 말하기 감히 거창한 이야기입니다."

"허허. 거창할 것이 있겠느냐. 지나가는 행인 한 명을 구하면 그게 평화고 도다. 사람 돈을 갈취하는 파락호 하나를 구원해도 평화다. 알지 않느냐?"

"그조차도 제겐 어려운 일입니다. 그럴 재주도 솔직히 없습니다."

"허허…… 네 형제들은 하나같이 이럴 때면 겸손하구나."

"……당연한 이야기를 했을 따름입니다."

이명학 그의 실력은 벌써 일류 끄트머리다.

그가 수련행을 나가는 것도 수련행을 함으로써 도를 얻어 절정이 되라는 의미도 있었다.

그런데도 명학은 능력이 부족하다 말한다.

그가 파락호 하나를 못 때려잡겠는가? 수십도 때려잡을 게 일류고수다.

그가 사람 하나 구하지 못하겠는가?

집안으로부터 배운 건지 몰라도 진중한 가운데 움직임에 거침이 없는 이가 이명학이다.

누가 무슨 일을 당하든, 진중하게 살펴 볼 것이 그다. 해결책을 찾으면 바로 움직일 자도 바로 그다.

그는 운인 도장이 가진 제자들 중 제일이며, 앞날이 기대되는 그런 제자다.

'허허…… 셋째 때문인가. 아니면 진정으로 겸손해서인가.'

그럼에도 어찌 된 것인지 이통표국의 자제들은 하나같이 거만한 법이 없었다. 젊었을 적에 보일 혈기도 없는 편이다.

신기하디신기한 모습이다.

"당연한 이야기라…… 허헛. 그럼 당연한 것이 무엇인지 정도는 알겠구나?"

"……상식만 알 정도지요."

"되었다. 어찌 된 것이 명학 너나, 너의 동생 문환이나 하나같이 자신을 과소평가를 하는구나. 그나마 문환이는 말수라도 많기는 하다만…… 무량수불…… 허허."

"……죄송합니다."

"죄송하기는! 그래도 나가서 사고는 치지 않을 것 같아 좋구나. 우선 이것부터 받거라."

운인 도장은 자신의 제자를 위해서 준비한 무언가를 잘

싸놓은 선물을 건네어 주었다.

"이것이……."

"보면 짐작이 가잖으냐. 검이다."

"……스승님!"

명학이라 해서 검이 없을까. 이통표국에서 구할 수 있는 가장 좋은 검 중 하나가 명학의 것이다.

그래도 스승이 준 검이다. 제자에 대한 애착이 담긴 검이니, 감동을 안 할 수가 없는 명학이다.

제자의 감동 어린 눈빛에 괜스레 민망해진 건지, 괜히 딴청을 피워보는 도장이다.

"허허. 이제 좀 어린 제자 같구나?"

"……."

"좋더냐?"

"예. 좋습니다."

"클…… 되었다. 이 사부가 애써 구하기는 했다만, 네 부모님이 해 주신 검이 더 좋기는 할 게다."

"……아닙니다."

"되었다. 되었어. 그저 보관만 잘 해두거라. 언제고 쓸 때가 있을 수 있지 않겠느냐?"

"……."

스승이 검을 주면 쓰는 것이 상례다.

그럼에도 부모가 준 검을 쓰라 하는 건, 정식제자가 되어 자유로이 부모에게 돌아갈 수 없는 명학에 대한 배려일 터다.

"대답은 들은 것으로 아마."

"……죄송합니다. 둘 모두 소중히 쓸 것입니다."

"허허. 양손잡이라도 되려던 참이냐? 이도류라도 하려고?"

"그건……."

"아서라. 스승한테 검을 받았다고 다 써야 하면 세상에 검 하나만 들고 다니는 자가 몇이나 되겠더냐."

"……그래도 항시 가지고 다니겠습니다."

거기까지는 말리지 못한 도장이다. 자신이 말리더라도 할 제자라는 것을 알고 있으니, 그도 어쩔 수 없었다.

"허허. 원 고집도…… 그나저나 어디로 갈 것이냐?"

"북으로 움직여 볼까 합니다."

"북으로? 표국에는 들러보지 않고?"

"나중에 가보려 합니다. 우선은 진정한 수련행으로써의 행보를 걷고 싶습니다."

이통표국에 가게 되면 마음이 해이해질 수 있는 것을 경계하는 것이리라.

'속도 깊구나…….'

오랜만에 보는 부모가 될 터인데도, 언제나 자신의 제자는 항시 이랬다.

제자로 둔 것을 한 점 후회도 않을 만큼 좋은 제자다.

"그래. 그럼 그리 해 보거라. 처음이니 기한은…… 따로 정해 두지 않으마."

"……최선을 다하고 오겠습니다."

"오냐. 너라면 능히 그러할 아이이니 믿고 있으마."

운인 도장의 제자이자 이통표국의 첫째인 이명학 그가 수련행으로 무당을 나섰다.

후에 그의 행보가 운현에게 영향을 미칠 줄은 수련행을 보내는 도장조차도 예상치 못한 파란이었다.

第三章
부탁을 받다

사람을 모아야 했다.

언제나 같은 말이 될지는 모르겠지만, 역시 일을 함에는 사람이 가장 중요했다.

결국 모든 것이 사람으로부터 나고, 사람으로부터 실행이 되는 것이다.

'중원은…… 기술이 더더욱 발달이 안 됐으니까. 더 그럴지도.'

아이들의 무공 교두로 삼은 무인, 자신을 대신해서 사람들을 치료할 의원, 의방 자체를 지키기 위한 무인, 때로 큰일을 처리해 줄 서생들까지.

이미 많은 자들이 자신의 의방에 터를 잡고 움직이고 있지만 언제나 부족했다.

가까이 있는 함녕에 만들어질 의방에 사람들을 보내고 나면, 더 크게 부족함이 느껴질 것은 분명했다.

“하오문에서 보내는 것도 슬슬 한계가 있기는 한데…….”

문제는 필요는 한데 사람의 수급이 힘들다는 거다.

운현이 사람을 모집함에는 능력뿐만 아니라 정신머리가 제대로 박힌 자라는 조건이 달리게 되니 하오문에서도 사람들을 제대로 수급을 못 해 주고 있었다.

항시 부족했다.

“결국은…… 자체적으로 인력 수급을 해야 한다는 건데…… 복잡하기는 하군.”

혹시 또 몰랐다. 몇 년 후, 가르치고 있는 아이들 중에서 재능을 가진 아이들이 필요한 인력이 되어 줄지도.

그런 목적으로 모집하기는 했으니 기대를 하는 것도 당연한 이야기였다.

“그래 봐야 당장은 무리란 건데…….”

아쉬움이 드는 건 어쩔 수 없는 운현이었다.

어쩌면 굳이 황녀의 부탁이 아니었다고 하더라도, 등산현 주변 다섯 개의 현에 의방을 만들면 당장에 확장은 하지 못했지 않았을까 생각이 들고 있는 그였다.

“당장 해결이 안 되면 역시 차분하게 움직이기밖에 안 되겠지. 그래도 많이 나아가기는 했으니까.”

왕 의원이 물려준 의방.

그 작은 곳에서 시작하여 등산을 넘어 함녕에까지 진출하지 않았는가.

얼마 가지 않아서는 적벽에 통산, 통성현도 그의 영역이 될 거다.

아이들이 자라, 인재가 되어 주면 호북을 자신의 의방으로 뒤덮는 것도 시간문제지 않겠는가.

‘어쩌면…… 아주 작은 확률이긴 하지만…….’

중원 전역도 가능하지 않을까?

라는 큰 포부가 그의 머리를 스쳐 지나간다. 그라면, 꿈이 아닐 그런 포부였다.

미래를 그려 나가고, 그 미래를 향해서 나아가는 것만큼 기쁘고 뿌듯한 일이 있으랴.

가슴을 적시듯 조금씩 차오르는 뿌듯함을 느끼며 일을 진행하려니, 인기척이 느껴져 온다.

“신의님. 손님이 찾아오셨습니다.”

“음? 누가 오셨는지요?”

늦은 시간은 아니지만, 예정된 손님이 있었던 것도 아니다.

"남궁 소저입니다."

남궁 소저라 하면 남궁미를 지칭하는 말.

불쑥 찾아오더라도 뭐라 할 이가 없을 터인데도, 손님으로서 왔다는 건 공적인 일이라는 뜻이다.

'전에 맡겼던 일의 결과가 드디어 나온 건가…….'

그녀를 보는 데 거리낄 것도 없었다.

"어디로 모셨나요?"

"거추장스러운 건 싫어하시니 작은 연회실로 모셨습니다."

제갈소화가 교육을 잘 시켜 놓은 건지, 새로 들어온 시비는 각이 제법 잡혀 있었다.

"좋군요. 제가 알아서 갈 터이니, 다른 볼일을 보셔도 괜찮습니다."

"예. 그럼 물러가겠습니다."

시비가 물러나는 모습을 한참 보던 운현이, 움직이기 시작했다.

"가 볼까나……."

* * *

일을 할수록 초췌해지는 자가 있고, 일을 할수록 살아나는 자가 있다. 생기가 돈다고 할까.

남궁미는 확실히 후자였다.

함녕에서 무슨 일을 벌이는지는 몰라도, 운현에게 찾아오기도 힘들어 할 정도로 바쁜 그녀인데도 생기가 넘쳤다.

자신에게 주어진 일을 즐기고 있음이 분명했다.

"공적인 일이지요?"

"예."

"후후. 그렇다면야…… 작은 의방을 운영하는 소생이, 남궁가의 소저를 뵙습니다. 라고 하면 될까요?"

"……과례예요."

조금은 여성스러워진 건가. 운현의 환대에 그녀가 조금 얼굴을 붉힌다.

'처음 봤을 때는 냉정해 보이기만 했는데…… 신기하단 말이지.'

여자의 변신이라 무죄가 아닌가.

운현은 조금은 변한 그녀의 성격에 대한 언급 하나 없이 그녀의 건너편에 가 자리를 잡았다.

"그나저나 무슨 일이신지요?"

"공적인 요청을 하려고 합니다. 다만…… 비밀은 지켜 줘야 할 요청이지요."

"비밀이라……."

사파보다도 정의를 수호한다는 정파에게 비밀이 더 많다는 건 누구나 아는 사실이다.

정파란 사람들의 시선이라는 제약에 묶여 있으니 당연한 일일지도 몰랐다.

"일단 들어 보고 판단하면 안 되겠지요?"

"예. 일은 일이니까요."

"작은 실마리라도 없는 겁니까?"

"음……."

남궁가에 영약을 개발해 달라는 것도 기밀을 요하기는 했다.

새로운 영약이라는 건, 곧 힘.

그렇기에 보안을 건 것이고, 많은 돈을 지불해 준 것이며 따로 남궁가에 거래를 요청할 수 있었던 것이기도 했다.

그런 거래를 함에도 숨김이 없었던 남궁미였건만, 이번만큼은 평소 이상으로 조심스러웠다.

"……저와 처음 봤던 그때의 일과 관련이 있는 겁니다."

"처음이라고요. 설마……."

그때의 일은 잊으려야 잊을 수가 없다.

그녀의 아버지를 치료했던 게 남궁가와의 인연의 시작이었지 않은가. 개인적으로는 남궁미와의 인연이기도 하고.

오래전 일이나, 지금도 생생하게 기억이 나는 운현이었다.

'사파에 당한 거였던가. 조용히 넘어가는 줄 알았는데…….'

그 일이 일어난 지가 벌써 몇 년이다. 조금 더 시간이 지나면 꼬박 십 년이 될 수도 있는 그런 일이었다.

무당파의 영역인 호북에서 일어난 일이었으니, 조용히 넘어간다 생각을 했는데 그게 아니었던 듯하다.

'세대를 이어가며 복수를 하는 게 무림이라고는 들었지만…… 대단하긴 하군.'

운현은 어쩌면 남궁가는 지금 이 순간까지 때를 기다리고 있었을지도 모른다는 생각이 들었다.

기다리고 또 기다리며, 때를 기다렸다가 그때의 일을 지금에서야 끄집어내고 있는 것이다.

하기야 자신의 핏줄을 위해서는 그 어떤 희생도 마다하지 않는 자들이 무림의 세가가 아닌가.

외문당주 되는 남궁현이 큰 부상을 입어 불구가 될 뻔하였으니, 그들이 그러는 것도 한편 이해는 갔다.

"사파에 관련된 일입니까?"

"……."

"대답으로 알아듣겠습니다. 흐음…… 사파라……."

호북 아래로 호남. 그곳에서부터 사파의 영역이었던가.

의방 일에만 전념을 했지, 사파의 영역에는 상식 정도나 겨우 알고 있는 운현이다.

그나마도 제갈소화가 가르쳐 준 정보들이 없었으면 더욱 빈약했을 거다.

"호남에서의 일이겠군요."

"예. 그때의 일을 마무리 지어야 하니까요. 또한 나아가서는 정파에도 관련이 있는 일이니까요."

"정파라……."

정파에 관련된 일에 나서야 하는 건가.

남궁가가 말하는 이번 일은 의원으로서가 아니라 순전히 무인으로서의 운현을 원하는 일일 것이 분명했다.

'무림인이길 원하지 않아도…… 무공을 익혔으니 어쩔 수 없이 무림인인 건가.'

자신은 그 근본을 여전히 의원이라고 생각하건만, 다른 이들이 보기에는 그것이 아닌 듯했다.

입이 조금은 쓴 그였다.

"나서지 않으면 불이익이 있습니까?"

"당장은 없을 거예요. 하지만…… 그때의 일을 떠나서 그는 강경파니까요. 언제 정파를 노려도 이상치 않은 자 중 하나죠."

"……정파에 시비를 거는 건 시간문제라는 거군요?"

"자세히 설명은 못 드려도, 그때의 일로 타격이 있어 지금껏 두문불출했다지만 또 모르죠."

그때, 생각 이상의 암투가 있었던 건가.

그녀의 아버지인 남궁현의 부상은 생각 이상으로 큰 의미를 가졌을 부상이었고?

'믿어야 하나…… 아니지. 그녀가 이런 것에 거짓말을 할 자는 아니니까…….'

결국 그녀의 말대로 그때의 사건에 연관되어 있던 누군가를 처리하지 않으면 일이 벌어질 수도 있는 문제였다.

당장 근거도, 증거도 없지만 적어도 그녀로부터 나온 이야기기에 믿을 만했다.

'자세한 거야 하연화 소저에게 물어보는 것도 방법일 테니까. 흐음…… 중요한 건 의뢰 내용이려나.'

사파와 관련된 거라지만, 막상 싸움만 하는 건 아닐 수도 있다. 해서 물었다.

"비밀이라 말하셨지만 대충은 상황을 알겠습니다."

"예. 다행입니다."

"다행일지는 솔직히 모르겠습니다만은…… 그때의 사건과 연관 있던 사파 무사를 어쩌려는 겁니까?"

"정확히는 무사 '들' 이기는 합니다만은…… 가장 중요한 자는 하나지요, 그를 죽이려 합니다."

"……흠."

역시 무인은 무인인가. 누군가의 죽음을 때로 너무도 쉽게 말한다.

"정말 죽여야 하는 자인 겁니까?"

"그거야 연화 소저에 물어보면 아시겠지요?"

남궁미도 눈치가 전혀 없는 건 아닌 듯했다. 자신이 의뢰를 받게 되면 연화로부터 정보를 얻으려는 거야 이미 예상한지 오래로 보였다.

"의뢰를 받아들이신다면 누군지 말씀드리겠습니다. 그리고 확인을 해 보신다면 충분히 죽일 만한 자라는 걸 아실 겁니다."

"휘유…… 자신감이 강하군요."

"그만큼 악질인 자니까요."

강한 자신감이다. 또한 아버지가 당한 바가 있어서인지 원한의 기색까지 엿보였다.

사람이 감히 사람을 죽인다 말하며, 다른 이의 죄를 판단하는 것이 우습다.

하지만 그가 지금 있는 곳은 중원, 동시에 자신조차도 무공을 익힘으로써 반쯤은 무림에 속한 자이지 않은가.

그가 있는 무림에서 한 사람의 죄업을 판단하고, 원한을 재단하며 죽이고 살리는 건 비일비재한 일이다.

별로 특별할 것도 없는 일일 수 있는 것이다.

운현이 마지막으로 물었다.

"……정녕 죽일 만한 자라 확신하는 겁니까? 남궁현 대협과 연관이 없어도요?"

"예. 확신합니다."

"좋습니다. 그 의뢰 받도록 하지요."

그녀를 믿어본다.

그동안 봐 온 그녀는 자신을 실망시키지 않은 여인이기에 주는 믿음이다.

처음, 무인으로서 의뢰라는 걸 받아들인 운현이었다.

*　　*　　*

그녀를 신용하는 것과 자신이 할 일에 대해 알아보는 것은 다르다.

"흠…… 이역수라라…… 이름은 알려진 바도 없고, 진짜 세외인 출신이라도 되는가. 신기하군……."

남궁미가 건네어준 서찰에는 오래전 사건의 주동자라 할 수 있는 자의 이름이 가장 윗선에 쓰여 있었다.

그 뒤로 이역수라의 수하들의 이름이 여럿 스쳐 지나갔지만 역시 가장 눈에 띄는 건 이역수라였다.

"그날 이후로 문파를 만들었다라? 성공한 인생이라면 인생인데…….”

남궁미의 일이 있던 그날 이후로, 이역수라는 문파를 만드는 데 성공했단다.

사파 세력 중에서도 하위에 속하는 문파의 식객으로 속해 있었던 그가, 문파를 세운다?

'말도 안 되는 소리다.'

의방을 만들고 아이들을 가르치는 것으로도 꽤 고된 일이라는 걸 아는 운현으로서는 문파를 만들어 냈다는 말에 꽤 크게 반응할 수밖에 없었다.

단지 부하들 몇을 이끌던 자가 쉽게 만들 수 있는 것이 문파는 아니기 때문이다.

순식간에 문파를 키우다니, 무슨 지원이 있지 않고서야 불가능한 일이다.

'걸리는 게 많은데? 확실히…… 계획된 일이었을지도 모르겠군.'

문파를 만드는 데 들어간 자금의 출처도 문제. 사람들을 어찌 모았을지도 문제다.

게다가 호북성에서 공을 세워 놓고는 왜 또 장서성 남쪽 끄트머리로 내려가 문파를 세운단 말인가?

'자연스럽지가 않다.'

자신이 공을 세운 곳, 자신이 힘을 기른 곳을 떠나 다른 곳에 문파를 만든다는 것은 아무리 봐도 행보가 부자연스러웠다.

전생에서라면 모를까, 지금의 중원에서라면 더더욱 그랬다.

나고 자란 곳에서 살다가 죽는 자가 대다수인 중원 아닌가.

무림인이야 이곳저곳을 종횡무진하는 자들이 있다지만 전체 무림인을 따져 보면 그 수가 많지만은 않았다.

"역시 조사를 해 보긴 해야겠군……."

남궁미가 한 조사로는 부족했다. 이런 경우에는 하연화의 조사가 필요했다.

마음 같아서야 하연화에게 부담을 지어 주기보다는, 개방을 찾고 싶은 운현이다.

하지만,

'개방은…… 사파 정보에는 약하기는 하니까.'

역시 하오문이 제격이다.

"신의님?"

"반갑게 안 맞이해 주는 겁니까. 하핫."

그녀의 도움으로 정운용을 해결하는 데 크게 득을 보았었다.

일의 득실만 따지자면, 그녀가 자신을 도와주는 것은 분명 이득이다.

정보란 시대를 초월하여 중요한 것이니까.

하지만 그녀가 한 행동은 그녀 자신에게 그리 좋지 못한 행위였다.

운현이 의뢰를 넣은 것으로 처리를 했다지만, 의뢰를 넣기도 전에 먼저 움직인 것은 분명 해선 안 될 행동이었다.

그래서인지 운현을 대하는 하연화의 태도에는 왠지 모를 어색함이 깃들어 있었다.

"……오래도록 안 오실 줄 알았거든요. 당분간은요."

"흐음. 분명 그때의 그 일은 잘못하시긴 한 일입니다만은…… 제가 연화 소저를 타박할 입장은 또 아니잖습니까?"

"그런 건가요?"

"예. 하지만 다음에 또 이런 일이 일어난다면 그때는 모르겠군요."

작은 경고다.

하연화와 정을 쌓아가고 있는 운현으로서는 그녀가 위험한 일에 빠지는 것을 결코 원치 않았으니까.

"주의하도록 하지요."

그녀도 운현의 말을 알아들은 듯했다. 문제는 섭섭해 보이는 표정 정도랄까.

"연화 소저를 위해서니까요. 그러니 부탁드리겠습니다."

"……가끔가다 신의님은 바람둥이 같은 말을 하신다니까요."

"제가 그랬습니까?"

"예. 방금 전에요."

그런가? 알 수 없는 일이다.

전과는 다른 묘한 어색함이 더해지는 것이 불편했는지, 하연화가 먼저 이야기를 꺼내 들었다.

"그나저나 저를 찾아오신 건 달리 볼일이 있으신 거겠지요?"

"아무래도 그렇습니다."

"맞춰 볼까요? 의방이나 표국에 일이 있는 것도 아닌 상태고, 게다가 사람도 이미 모집하고 있으니 공적인 일만은 아니겠네요. 제갈가의 소저는 근래 들어 본가와의 일로 바쁜 듯하니…… 이번에는 남궁가 소저의 일이겠지요?"

"음…… 맞기는 합니다."

주변의 상황을 알면 할 수 있는 간단한 추리다.

그럼에도 그녀는 운현의 상황을 파악한 것에 만족했는지 작게 웃어 보였다.

"후후. 맞았으니 다행이네요. 그렇다면 의뢰인 거네요?"

"예. 의뢰기는 한데…… 비밀을 요합니다. 게다가 너무 파고들 필요까지는 또 없고요."

"……음. 무언가 있군요."

시원시원하니 의뢰를 하던 운현이 깊게 파고들지는 말라 하니, 모르려야 모를 수 없다.

"예. 비밀을 요하는 일이니까요. 제가 이런 일에 관여가 될지는 몰랐지만…… 직접 확인을 해 보려고 합니다."

"흐음…… 알겠어요."

이번에는 확실히 말을 알아들은 듯한 그녀다. 위험한 일에 뛰어든다거나 할 생각은 없는 듯했다.

'경고가 먹힌 건지…… 알아서 몸을 사려주는 건지는 모르겠지만…….'

나쁘지 않았다.

어쨌건 이번 일은 남궁가와 자신만 관련되었으면 하지, 하연화마저 끼어드는 것은 원치 않았다.

실상 지금 정보를 달라 말하는 것도 그로서는 꽤나 조심스러운 일일 정도였으니 더 말을 해서 무엇하랴.

"무얼 조사하면 될까요?"

"여기에 적혀 있는 자들 모두면 됩니다. 의뢰를 맡기는 주제에 이런 말도 웃기지만…… 다시 말씀드리지만 너무 깊게는 안 됩니다. 연화 소저가 위험해지니까요."

"후후. 염려하지 마세요. 꼭 지킬 테니까요."

"그럼 부탁드리겠습니다."

"예!"

밝게 웃는 하연화가 아름답기만 한 장면이었다.

'……그럼 슬슬 나는 나대로 준비를 해 볼까.'

천천히, 그러나 확실하게 의뢰를 수행코자 준비를 해 나가고 있는 운현이었다.

第四章
출발하다

새로 지은 집이라도 빈집이 되면 흉물스러운 폐가가 되어간다 하지 않던가. 때로 집은 그곳을 살아가는 자의 성격을 따라가고는 했다.

남궁미가 등산현에 있으면서 머물고 있는 그녀만의 처소만 하더라도 그녀의 성격을 대변해 주고 있었다.

소박하지만은 않지만 정갈하며, 사치스럽지는 않되 고풍스러운 무거움이 깃들어 가고 있었다.

그녀가 이곳에 머무른 지가 그리 오랜 시간이 아님을 생각하면 이만큼이나 거처가 변화한 것도 꽤나 놀랄 만한 일이었다.

그만큼 그녀의 성격이 여인이되 정갈하며, 명가의 자제로서의 모습을 갖췄다고 할 만했다.

"아가씨, 괜찮으시겠습니까?"

직계는 아니나, 직계에 가까운 그녀다.

남궁미, 그녀만이 있어야 할 금남(禁男)의 공간에서 남성의 목소리가 들려온다.

"안 될 건 또 무엇인가요?"

"신의가 믿을 만한 자이기는 합니다만은…… 이번 일은 과거에도 밝히지 않았던 일입니다."

"그렇기는 하지요."

영훈이다. 운현과 이미 오래전부터 인연을 가지게 된 자이자, 남궁현이 부상을 당했을 때도 함께했던 무사다.

지금에 이르러선 남궁미를 보좌하는 직속무사나 다름없는 자였다.

남궁가에 대한 충성심만큼은 남다른 그가 직언이자 충언을 올리고 있었다.

"하지만 영훈, 간단히 생각해 보세요. 단순하게 보면 무인과 무인의 다툼이었습니다. 그때의 일은요."

"단순히 보자면 그렇겠지요. 하지만 그 뒤에 무언가가 있음을 아가씨도 잘 아시지 않습니까?"

"사파와 정파의 싸움이 이상할 게 뭐가 있을까요."

"아가씨!"

그때의 일은 운인 도장에게도 밝히지 않았었던 일이다.

아주 오래전의 일이기는 하나, 지금에 이르러서까지 의혹이 있는 일이다.

그렇기에 남궁가에서도 귀하게 여기는 남궁미까지도 파견해 다시금 조사를 하며 움직였던 것이 아닌가.

중한 일이 아니었더라면, 아무리 남궁미라고 하더라도 이곳 등산에 오래 머무를 수 있을 리가 없었다.

그녀는 그녀로서 남궁가에 직분(職分)이 있기 때문이다.

그만큼 이곳의 일은 단순히 신의인 운현을 끼어들게 할 만한 일은 아니었다.

남궁현의 허락이 뒤늦게서야 떨어지기는 했지만, 운현을 끌어들이는 것은 남궁미의 작은 월권이나 다름없었다.

"알고는 있습니다. 아버지도 가문의 어른들이 좋지 않게 보고는 있다고 하시더군요."

"그런데도 같이 가야 하겠습니까?"

그러니 영훈의 충언은 당연한 일이었다. 그의 말은 오직 그녀만을 위해서였다.

"영훈."

"말씀하시지요."

"그때의 일은 저로서도 평생을 안고 갈 일입니다. 또

한…… 가장 중한 일이기도 하지요."

"예. 알고 있습니다."

"그렇기에 데리고 가는 겁니다. 그를요."

"납득하지 못하겠습니다. 외문당주께서도 덕분에 가문에서 분주히 움직이고 있으실 겁니다. 설득을 한다고 끝이 아니니까요."

"알아요."

"그런데도 대체……."

외문당주란 남궁현을 이름이다. 그녀의 아버지.

그가 외문당주의 직권으로 신의를 끌어들이는 걸 허락을 했다.

하지만, 이번 일에 신의를 끌어들이는 이유에 대한 소명은 분명히 해야 할 것이다.

남궁가는 남궁가의 일을 남에게 맡긴 바가 없는 자들이니까.

"저를 믿으세요. 그는 무인이되 무인이 아닌 의원입니다. 동시에 제대로 된 자이지요."

"아가씨를 믿기는 합니다. 그게 이유가 되는 겁니까?"

"예. 우리가 모르는 방식. 혹은 다른 방식으로라도 일을 풀어 줄 자이니까요. 영훈이 본 그는 적어도 합리적이지 않았던가요?"

"……그건 인정합니다. 하지만 과연 이런 일에도 잘 처리를 해 줄는지는 모르겠습니다."

영훈도 운현의 능력은 인정할 수밖에 없었다.

그는 약관도 되기 이전부터 신의로 이름을 날린 자다. 인정하지 않을 수가 없었다.

"후후. 그때는 그를 제대로 보지 못한 저를 원망해야지요."

"아가씨. 저는 아가씨가 이번 일에 개인감정을 넣지 않았기를 바랄 뿐입니다."

"예. 적어도 이번만은 그러해요. 믿고 따라오세요."

남궁미가 이렇게까지 말을 하는데 영훈이라고 더 우기고 있을 수는 없었다.

지금은 물러나야 할 때다. 그러니 그가 할 수 있는 답이라고는 하나.

"……알겠습니다. 잘만 처리를 할 수만 있다면 그 이상 무엇을 바라겠습니까."

*　　*　　*

떠나는 인원은 소수다.

강서성을 가는 김에 안휘를 들를 수도 있으나, 가지 않기로 했다.

괜한 움직임을 보였다가 들킬 수가 있으니 직통이다. 보안이라는 면에서는 분명 옳은 선택이었다.

그렇지만,

"수가 적기는 하군요. 저를 포함 여덟이라……."

"예. 이 정도가 최선이에요. 영훈과 저를 제외하고는 얼굴이 알려지지 않은 자들이니 안전하구요."

"음……."

옳은 소리다.

이들이 한 행색으로 보아 부잣집 도령과 마나님의 나들이로 꾸미고서 움직일 듯 보이니, 겉으로 봐서 나쁠 것도 없다.

그나마 얼굴이 알려진 남궁미나 자신은 마차 안으로, 영훈은 얼굴을 가리는 것으로도 충분해 보였다. 인피면구도 준비해 두었으니, 더 큰 문제는 없을 거다.

'하지만 이것만으로 이역수라를 잡는 것이 과연 가능할까?'

그런 의문이 드는 건 어쩔 수 없었다.

"이대로 그들에게 쳐들어가지는 않겠지요."

"정면으로야 무리겠지요."

"흐음…… 그럼 답은 역시 암살이겠군요."

"대결을 벌이고야 싶지만 불가능할 테니까요."

간접적인 대답이다.

'암살전이라…… 나름 합리적인데? 뭔가 석연찮기는 하단 말이지…….'

어디서 어디까지를 죽일까.

이역수라만 죽이고 나선다면 일이 그리 크지 않을 수도 있었다.

하지만 그들의 수하들까지 죽이고자 한다면 암살전이 쉬이 끝날 리가 없었다.

한 사람을 죽이는 것과 여럿을 죽이는 것이 전혀 다른 난이도임은 누구나 알 만한 일이니까.

"준비라도 따로 해 두신 겁니까?"

"찾아야겠지요."

"휴우……."

정파인답지 않게 정면 대결을 벌이지 않는 것까지는 마련을 해 뒀지만, 그 이상의 수단은 없는 듯했다.

'대체 어쩌려고……'

그들을 보고 있노라니, 여러 생각들이 스쳐 지나가기는 한다.

이를테면 사파 무사인 척하거나, 그들 사이에 잠입을 하거나 하는 이야기들이다.

하지만 그곳에 잠입을 하고 들어가는 것도 웃기는 이야기다. 세상이 그리 만만하지는 않다.

거기다 사파 무사인 척하는 것도 우스운 일이다.

이들이 지금 되도록 남궁가 무사가 아닌 척하고는 있지만, 아무래도 일반적인 사람들보다는 행동에 각이 잡혀 있었다.

무인임이 조금이지만 티가 나기는 한다 이 말이다.

그들 나름 합리적으로 계획을 짰으나 부족한 점이 여럿 보인다.

이런 일에 처음인 운현이 보고도 알 정도로.

다행인 점이 있다면 그가 완전히 남궁가에게만 일을 맡겨 놓지를 않았다는 점일까?

'완전히 믿고 따라가기는 어렵겠군…… 역시 이런 일에는 연화 소저가 낫기는 하네.'

남궁가에서 하는 것에 발맞추어 하오문의 하연화가 마련해 준 수단들이 몇 있었다.

거기에 운현의 임기응변을 더해서 움직인다면 아주 문제만 생기지는 않을 터다.

"일단은 복장부터 좀 바꾸지요. 하인 역할을 하는 것도 좋지만, 차라리 진실 안에 거짓을 가리도록 합시다."

"무슨 말이죠?"

"어차피 무사인 게 티 난다 이 말입니다. 그렇다면 차라리, 부잣집 도련님의 호위 무사 역할이 낫지 않겠습니까?"

"아아…… 그게 더욱 낫겠군요."

때로는 한없이 현명해 보이다가도, 이런 면은 너무도 약하다.

임기응변은 완전히 젬병인 자들이 정파무사들이다.

이들이 암살이라는 걸 생각한 것만으로도 꽤나 획기적인 일일지도 몰랐다.

'구파일방보다 오대세가가 더 실용적이라고 하더니…… 이 정도일 줄은…….'

하기야 시대가 시대이니 이런 면으로 고지식한 것은 어쩔 수 없는 것일지도 몰랐다.

그에게는 전생에서 보았던 여러 가지 경험으로 말미암아 간접 지식이라는 것이 있는 편이니까.

농사꾼을 데려다가 어부를 하라고 하면 아무것도 하지 못할 수 있듯, 이들도 그런 걸지도 몰랐다.

"자자, 우선 하나씩 더 점검을 하고 가도록 합시다. 일행을 꾸미는 것도 꾸미는 거고, 작전도 좀 더 세밀해지도록 해야겠습니다."

"……예."

어설프기만 한 그들의 여정이 조금이지만 뒤로 미루어졌다.

*　　*　　*

"훨씬 좋네요."

기본은 같다.

남궁미와 자신이 부잣집 도련님과 마나님 행세를 하고 영훈이 마부를 한다. 대신 인피면구는 상시 착용.

그 외에 다섯의 사람들은 모두 무사다.

시비가 있으면 좋겠지만, 아쉽게도 거기까진 구하지 못했다.

누군가 물어본다면 시비는 마나님을 돕기 위해서 마차 안에 들어가 있다고 우겨야겠지.

그가 손을 대고도 허술한 점이 보이기는 하지만 지금으로서는 이 정도도 분명 최선이다.

'중요한 건 그게 아니니까.'

어차피 일을 벌이기 전까지는 강서성 내에 이렇게 잠입하는 것도 그리 큰 문제는 안 될 거다.

강서가 사파의 영역이라고는 하나, 무슨 지옥도도 아니고 사람 사는 곳이다.

정파와 사파가 전면전을 벌이고 있는 것도 아니니 잠입까지는 문제가 없을 거다.

정말 문제라면 결국 이역수라가 있는 저 남쪽 풍정현에

가서 문제가 생길 거다.

한 문파의 문주. 중소문파라지만, 공을 나름 세운 자.

그 뒤에 무언가 있어 보이는 자를 죽이는 게 쉬울 리는 없었다.

'어쩌면…… 상상 이상으로 큰 조직이 연류되어 있을지도 모르는 거니까.'

여러 관점에서 생각하기는 해야 했다.

그래도 준비를 더하면서 나름 대비라면 대비를 해 두었으니 그것을 믿어 볼 수밖에.

"자, 출발하지요!"

"예."

어느샌가 일행을 이끌다시피 하게 된 운현이었다.

*　　*　　*

시작은 좋았다.

동으로 절건, 복건이 있고 남으로 광동, 북으로 호북과 안휘, 동으로는 복건까지 접해 있는 곳이 강서가 아니던가.

자연스레 성과 성의 사이에 있으면서 여러 교류를 하는 곳이 강서다.

비록 성 자체가 산지가 많아 교류가 활발하지만은 않았지만, 여러 성의 문화를 자신들의 것으로 녹여낸 곳이 강서였다.

강서다우면서도 중원다운 곳이 강서이니, 볼거리는 분명 섭섭지 않게 많았다.

"신기하군요……. 여러 가지로요."

"그러게요. 뭔가 다르긴 합니다."

호북과 안휘를 주로 무대로 삼아 움직이던 남궁미나 운현으로서도 강서는 강서만의 매력이 있었다.

가는 여정이 지루하지 않았을 정도이고, 때가 별로 나쁘지 않은 때여서인지 그들의 길을 막는 자는 거의 없었다.

통행료를 요구하는 이들이 종종 있기는 했다. 정파가 지배하는 호북과는 다른 모습.

하지만, 그들이야 적당히 값을 치러 주는 것으로 넘길 수가 있었다.

관도 아니고서야 그곳을 점한 사파인에게 통행료를 지불하는 것은 자칫 인상을 찌푸릴 만한 일이기는 했다.

실제로 남궁 무사들도 그런 행위에 작게 짜증을 냈을 정도다.

작은 면에서 그들의 성격이 여실히 드러나는 것이다.

이런 경우는 운현이 먼저 나서 처리를 하니, 다행히도 별달리 어려움이 없이 넘어가고는 있는 상황.

다만 운현으로서는 여러모로 신경을 써야 하는 것이 많은 지라 조금씩이지만 지쳐 가는 여정이 될 수밖에 없었다.

'이런 쪽의 일을 처리해 주는 무사들은…… 문파나 세가나 다 있다곤 하는데 대체 무슨 사정인 건지…….'

여러 가지로 궁금증도 많고, 알아야 할 것도 많은 상황.

그중에서도 제일 궁금한 것이 있다면 역시 당장 얼마나 걸리느냐가 아니겠는가.

"얼마나 더 가면 되겠습니까?"

"삼 주는 더 잡아야 할 듯합니다."

삼 주라. 꽤 길었다.

의방에서 해야 할 일이 밀려 있는 그로서는 더더욱 그리 느껴질 수밖에 없는 기간이었다.

"……마차가 되려 느리게 느껴지기는 하군요."

"경공보다는 느릴 때가 있으니까요. 나들이 행색이기도 하구요."

"이런 일도 쉽지만은 않군요."

"확실히요……."

허나 어쩌겠는가. 당장에는 달리 방법이 없는 것을. 속도를 늘릴 수는 결코 없었다.

"휘유. 차라리 한바탕 다투는 것이 나을지도요."

"후후. 신의님이 그런 말을 하실 줄은 몰랐네요."

"저도 사람이니까요."

"그런가요?"

"예."

그나마 여행 중에 위안거리가 있다면, 남궁미와 조금씩이지만 대화를 해 나간다는 걸까.

묘하게 줄어드는 거리, 조금씩이지만 미소를 보이는 남궁미의 모습은 아름답기만 했다.

그녀를 여인으로 사모하는 건 아니나, 여행의 유일한 보람이라면 보람일 터다.

"그래도 곧 신여(新余)현이 머지않았으니…… 거기서는 그나마 낫겠지요."

"예. 분명히요. 음?"

하루 종일 이어질 수도 있는 담소를 이어가면서 가기를 한참.

관에서 마련한 작은 가도를 건너가고 있는 그들의 청각에 걸리는 자들이 있었으니.

"뭔가 있군요……."

"영훈."

안에 있는 그들로서는 소리로 들을 수밖에 없었다. 그러니 영훈에게 물을 수밖에.

"……무림인인 듯합니다."

"정확히 무슨 일이죠?"

"아녀자를 희롱하고 있는 것 같습니다. 그도 아니면…… 강도질을 하는 것이든지요."

여인에 대한 희롱인가. 아니면 강도짓을 하는 걸까.

'어쩐다…….'

시선을 끌어서는 안 되는 상황에 있는 그들로서는 당장 넘어갈 수 있으면 넘어가는 것이 상책인 터.

세상 모든 이들을 구할 수는 없으니, 이번 일을 넘어간다손 쳐도 죄업이 쌓이거나 하지는 않을 거다.

하지만.

"제, 제발…… 제발요……."

도움을 청하는 목소리를 무시하고 있을 수만은 없는 운현이 아니었던가.

사파의 영역에서 비일비재한 일이 벌어지고 있는 것일지라도.

어쩌면 이번일로 말미암아 시선을 끌지도 모를지라도, 이런 일을 피하고자 살아오지는 않은 그였다.

정의로운 정파의 무사는 되지 못해도 적어도 양심은 있는 그였으니까.

그의 내심을 읽은 것일까. 남궁미가 가만 그의 손을 잡아 든다.

"……나서면 일이 커질 수도 있어요."

그녀도 당장 나서고 싶은 마음이 굴뚝같아 보였다.

그녀의 눈빛, 조금씩이지만 떨리는 손이 지금의 상황이 마음에 들지 않음을 보여 주고 있었다.

허나 그녀는 일행을 이끄는 공식적인 책임자가 아니던가.

이끄는 책임자로서 당장의 상황을 피할 수밖에 없음을 알기에, 운현을 막는 것일지도 몰랐다.

"알고는 있습니다. 알고는요."

"……어쩌면 강서성을 가는 내내 몇 번이고 더 볼지도 모르지요. 자주 그러는 것은 아니지만…… 일단은 사파의 영역이니까요."

"예. 확실히 그럴지도 모릅니다."

작전을 위해서는, 나서지 않는 것이 맞았다. 볼 때마다 구할 수도 없지 않은가.

암행을 하기 위해서 나선 남궁가 무사들의 준비가 허술하기만 하다고 여겼던 자신이 나서는 건 더더욱 우스운 일일지도 몰랐다.

똥 묻은 개가 겨 묻은 개 나무라듯, 그들의 허술함을 비웃기에는 그가 나서는 것 자체가 암행에 똥을 묻히는 것과 같은 행위기 때문.

'하지만…….'

사람을 살리고자 하지 않았던가. 사람을 구하고자 하지 않았던가.

자신만의 신념이 있지 않았던가.

"……죄송합니다."

"휴우……."

결국 마차의 문을 박차고 나서는 운현이었다.

'저기군…… 젠장.'

밖을 나서서 보니, 가도의 주변으로 있는 작은 공터를 터 삼아 일이 벌어지고 있었다.

강도, 강간. 어쩌면 그 이상의 일이 벌어질 수도 있는 일.

아니. 자세히 확인을 하여 보니, 이미 어느 한쪽에는 죽어 있는 시체가 보였다.

"제, 제발. 그만요! 그만!"

열심히 그만하라 외치고 있는 여인과 관련되어 있는 누군가일 거다.

행색으로 보아서는 양민. 산지가 많으니 임업으로 먹고사는 자의 여인 정도나 될까?

무공을 익힌 자는 결코 아니었다.

차라리 무공을 익힌 무인끼리 일을 벌이는 것이라면 모를까.

아무리 사파의 무사라도 양민을 건드리는 건 해서는 안 될 짓이었다.

설마하니 이곳에서 누가 볼까 생각하며 일을 벌였던 것이겠지.

이유야 어쨌든 좋다. 사파인이든, 낭인이든 쓰레기의 짓을 벌이는데 더 뭘 볼 필요가 있으랴.

타앗—

운현이 한 점의 기도 아끼지 않은 채로, 경공을 펼쳐 그들을 향해서 쏘아져 나간다.

그가 하는 일을 어렵게 만드는 일보가 될 수가 있으나, 어려움을 피하고자 사람이 다치는 것을 보고 넘어가는 자는 못 됐다.

그런 그를 영훈과 남궁가의 무사들이 바라본다.

"……아가씨. 어떻게 할까요?"

심정적으로는 그들도 여인을 돕고 싶었다. 아니 돕는 것이 당연했다.

다만 그들에게는 그들의 일이 있지 않던가.

앞뒤를 재지 않고 나서기에는 그들에게 얹혀져 있는 임무의 무게가 무거웠다.

"휴우……."

그 상황을 알기에 남궁미도 자신도 모르게 한숨을 더 내쉴 수밖에 없었다.

허나 어쩌겠는가.

이미 운현이라는 배는 떠났다.

자신보다도 더욱 현명하게, 또한 더 좋은 임기응변으로 일을 처리하는 운현치고는 앞뒤 재지 않고 직선적으로 움직인 상황이다.

'어차피 벌어진 일…….'

그렇다고 그가 마음에 들지 않은 것은 아니었다.

어쩌면 정파의 무사로서 해야 할 당연한 일에 그가 나선 것이니까.

적어도 그가 옳은 사람이란 것만은 알 수 있었다.

다소 그들의 암행에 방해가 될지 모르겠지만, 이 정도는 덮을 수 있는 능력 정도는 갖춘 그들이 아니겠는가.

"……가서 도와주세요. 일이 더 커지지 않게요. 포위를 하면 더 좋겠죠."

"예!"

이왕 벌어진 일이라면 제대로 처리하는 것이 좋았다.

어디에도 들어가지 않도록. 아주 은밀하게.

확실한 처리를 위해 영훈 이하 남궁가의 무사들이 운현의 뒤를 이어 쏘아져 나간다.

그들도 지금의 상황이 마음에 든 것은 아니었는지, 그 어느 때보다 기세가 더욱 강하였다.

과연 이 일이 그들의 암행에 방해가 안 될는지는 모를 일이었으나, 일은 벌어졌다.

第五章
쓰레기

"뭐냐?"

가타부타 말이 필요할까. 인정 있는 운현이지만 쓰레기를 처리함에도 사정을 둘 정도는 아니었다.

사람이 사람의 죄업을 판별할 수 있느냐는 지금 당장에 중요치 않았다.

이미 적극적으로 움직이기로 마음을 먹은 그였기에,

"……."

오직 침묵으로 일관하며 동시에 그에게 검을 찔러들어 갔다.

상대도 도를 들어 운현의 검을 막으려 했다.

휘둘러지는 기세, 느껴지는 기의 움직임, 초식을 뿜어내는 자세까지.

'……일이류 사이.'

분명 못 배운 자들은 아니었다. 정파 무사들만큼 기초를 쌓은 것은 아닌 듯하나, 약하지 않았다.

중소문파에서는 정예로 쳐줄 만한 그런 존재였다.

그럼에도 벌이는 짓은, 살해를 하고 여인을 간음하려 하는 짓이니.

'더더욱 쓰레기다.'

검기를 쓸 것도 없었다.

물 흐르듯 검을 사용하는 운현은, 상대의 도가 맞서려는 것을 그대로 피했다.

상대가 온힘을 다해 내뱉은 도를 흘려버린 것이다. 아주 손쉽게.

그러고는 바로 검을 짓쳐 들어 상대의 턱을 노렸다.

도를 피하고, 순식간에 수직으로 검을 올려 상대를 노리는 건 순식간!

"크읏."

하지만 상대는 과연 기대를 저버릴 생각은 없는 것인지, 망설임도 없이 그대로 몸을 뒤로 벌렁 뉘였다.

몸을 굽힌 것도 아니었다. 다시 튕기듯 올라서려 몸만 뒤로 젖힌 게 아니었다.

말 그대로 누웠다!

'……나려타곤 이상이네.'

살기 위해서의 본능이라 하면 할 말은 없지만, 무림인들이 하는 짓은 아니었다.

특히나 정파의 무림인들은 더더욱 그런 행위를 싫어하고는 하지 않았던가.

운현이라 해서, 살고자 하는 행위를 우습게 여기는 것은 아니었다.

그도 살기 위해서라면 같은 행위를 할지도 몰랐다.

하지만 저 뒤의 시체가 말해 주듯 남의 목숨은 쉬이 앗아가면서, 자신의 목숨은 이리도 소중히 여기는 자는 혐오할 줄 알았다.

'일초로 안 되면…….'

그다음은 이초.

턱주가리 끝을 긁어내며 위로 치켜 올라갔던 검이, 그의 손에서 춤을 추듯 아래를 향한다.

검을 집는 파지법을 순식간에 바꿔 직선으로 눕어버린 상대의 복부를 노리는 그였다.

"으어엇!"

격차를 느낀 것일까.

맞설 생각 따위는 하지 못한 채로, 무공도 익히지 못한 양민처럼 손을 휘젓는 적이다.

칭찬할 점이라고는 단 하나. 끝끝내 도를 버리지는 않았다는 점일까?

하지만 딱 그뿐.

푸우우욱—

하는 깊은 소리를 내며 운현의 검이 적의 복부를 순식간에 꿰뚫는다.

'벤다?'

긁어낼까? 아니. 그럴 필요까지는 없다. 이미 상대의 척추를 관통했다.

지금 이대로라고 하더라도 상대는 죽을 거다. 시간의 차이일 뿐.

"쓰레기……."

운현은 지금껏 상대한 적에게 내뱉지 않던 말을 내뱉고서는, 바로 다음 상대에게로 다가갔다.

운현이 사신처럼 보이기라도 한 것일까? 아니면 삿된 소속에 빌어 목숨이라도 건져보려 하는 것일까.

"향성문의 저, 적이 될 생각이냐?"

"향성문?"

향성문(向性門)이라니. 들어 본 적도 없는 곳이다. 쓰레기들과는 어울리지도 않는 이름이기도 했다.

쓰레기는 쓰레기답게, 그런 곳에 없도록 치워줘야 했다.

"……죽어."

짙은 살기를 내포한 채로 그를 향해서 달려들기 시작한다.

"공자! 같이 처리하지요."

그때를 기다렸다는 듯, 조금 늦게 도착한 남궁가의 무사들이 운현의 뒤를 따라 검을 휘두르기 시작한다.

운현을 포함하여 총 일곱. 상대 무사들은 스물이 안 되는 열여섯.

두 배가 넘는 수지만 상관은 없었다. 이미 기세는 넘어온 지 오래인 터.

"……축생 같은 것들."

"죽엇!"

운현이 다시금 초식을 사용하여 쓰레기 중 하나를 베는 동안, 남궁가의 다른 무사들 또한 남은 쓰레기들을 베어 갔다.

순식간에 베어지는 다섯. 곧 베어질 둘.

상황은 극명하게 남궁가의 무사와 운현에게로 넘어와 있었다.

쓰레기는 쓰레기들답게 기가 막힌 능력이 있지 않던가.

패색(敗色)의 냄새만큼은 개보다도 더 잘 맡는 것이 사파의 무사들이다.

"도, 도망쳐!"

그 뒤의 행동은 바로 자연스러운 도망.

미리 연습이라도 한 건지, 이리저리로 흩어지는 그들의 몸놀림은 그 누구보다 표홀해 보였다.

순식간에 사방팔방으로 흩어져 살길을 도모하는 모습이 안쓰러워 보일 정도다.

허나 그마저도, 결국에는 어수룩한 몸놀림이라는 것을 몰랐을까?

스아악—

"으악!"

어느샌가 다가온 남궁미의 검이 도망가는 자들 중 하나를 베어 버린다.

아니, 다가온 게 아니었다.

마차에 있는 남궁미가 있는 방향으로 도망을 치고 있었을 뿐이었다.

혹 모른다.

남궁미를 인질 삼아 이 상황을 벗어나려 노력했을지도.

쓰레기치고 나름 머리를 굴렸다고 할 수 있겠다.

하지만, 끝끝내 남궁미의 허리춤에 매달려 있는 연검을 보지 못한 것은 큰 패착이다.

평소 쓰지 않던 연검이지만, 쓰레기를 처리하는 데는 충분했다. 확실히.

"모두 처리해요! 영훈!"

"예!"

도망치는 자들을 주살하기 시작하는 것은 순간. 일이 시작되어 끝이 나는 것도 순간이었다.

"사, 살려 줘."

"……."

상대 측의 괴멸.

부상자 하나 없는 싸움이 막을 내리기 시작한다. 압도적인 승리.

"……후우."

사람을 구했고, 쓰레기를 처리했다.

허나 일을 위해서 자신이 잘했다고는 할 수 없는 상황이었지 않던가.

승리를 하고서도, 즐거워 할 수만은 없는 운현이었다.

* * *

무덤을 만들고 희생자를 묻는다.

쓰레기들은 그나마도 검술의 흔적이 남았을지 모르니, 남궁가의 무사들이 따로 조치를 취하고 있었다.

"가, 감사합니다."

"노잣돈으로 드리겠습니다. 차라리…… 멀리 가시는 게 좋을지도 모릅니다."

"예에…… 안 그래도 남편과…… 흐윽……."

"……."

뒷정리는 확실해야 했다. 마음 같아선 여인을 함께 데리고 가고 싶지만 그것도 못할 짓이다.

그렇다고 살린 자의 입을 막겠다고 살인멸구를 할 수는 없지 않은가.

그런 행위는 그야말로 모순이다.

그러니, 노잣돈이라도 주어 멀리 움직이도록 하는 것이 당장에는 최선이다.

'서툰 짓일지도 모르지만…….'

어쩔 수 없었다.

"……힘내시지요."

그저 잘될 것이라 빌어줄 수밖에는 달리 수가 없는 것이다.

그렇게 운현은 조금은 어수룩한 방식으로 사람 하나를 구할 수밖에 없었다.

여인을 보내고, 뒤처리를 마저 한 운현의 일행이 다시 출발을 하기 시작한 것은 한 시진이나 뒤쯤의 일이었다.

남궁가에서 내려오는 경공의 족흔이나, 시체에 남은 검공의 흔적을 지우기 위해서는 시간을 소모할 수밖에 없었으니 어쩔 수 없는 일이었다.

사흔을 지우는 것도 일이었으나, 그 외에도 뒤처리가 남아 있었다.

"죄송하게 되었습니다."

사과.

분명 의뢰를 받아 움직이고 있음에도 자신이 그리 나선 것은 월권행위이자, 잘못된 행위였다.

다행이라면,

"아닙니다. 저 또한 혼자였다면 먼저 나섰을 겁니다."

남궁미와 기타 다른 무사들이 운현의 뜻을 알아준다는 걸까.

허나 단 하나, 불만을 가진 자가 있다면 영훈이었다.

"신의님의 마음을 헤아릴 수는 있겠으나…… 다음부터는 자제를 부탁드립니다."

"……영훈."

어지간해서는 나서는 법이 없는 그였으나 이번의 일은 확실히 운현의 잘못이라면 잘못이다.

정의를 행한 것이나, 해서는 안 될 일이 된 상황인 것이다.

그러니 운현으로서도 그의 입장을 이해는 한다.

"무슨 말인지 이해는 합니다. 허나…… 다음에 또 이런 일이 발생하면 모르겠군요."

허나 약조는 할 수가 없었다.

"휴우…… 일단은 알겠습니다. 아무리 사파의 영역이라도 이런 일이 비일비재하지 않다고는 들었으니…… 괜찮겠지요."

비일비재하지는 않다라. 아주 없지는 않으나 많지는 않다는 말이지 않은가.

하기야 사파도 사람이 살아가는 영역.

이런 일회성의 일을 계속해서 벌인다면야, 사파 문파의 수익 자체가 줄 것이다. 사람이 줄어들 테니까.

그런 의미로 보자면, 영훈의 말대로 이런 일은 꼭 자주 일어나는 일은 아닐 거다.

남궁미도 운현이 나서기 전 분명 그리 말하기도 했었으니 맞는 말일 거다.

'따지고 보면…… 정파 영역에서도 이런 자들이 있기는 하니까.'

결국 정파든 사파든 발생 빈도의 차이일 뿐이다.

일 자체는 그러하다.

하지만 조용히 있어야 함에도 일을 벌인 운현으로서는 일행에게 죄스러움을 느끼면서도, 다른 한편으로는 같은 일이 일어났을 때 자신이 나서지 않는다고는 장담치 못했다.

정파인으로서를 떠나, 사람으로서 어려운 문제였다.

'삶이 고난이라더니…….'

몸을 움직이고, 세상을 알아 가면 알아갈수록 복잡해져만 가는 것이 무림에서의 일이었다.

그의 심장을 헤아리기라도 한 것일까.

영훈에게 주의를 주고서는 달리 말을 하지 않던 남궁미가 나섰다.

"신여현에 도착하면…… 여독이라도 풀도록 하지요. 재촉하면 금방일 겁니다. 그렇지, 영훈?"

"예. 무리해서 가면 새벽녘이면 도착할 겁니다."

새벽녘이라. 마차를 끄는 말에게는 약간의 무리일 수도 있는 일이다.

허나 어쩌겠는가.

여기 있는 모두 이곳에서부터 벗어나고 싶어 하는 심정인 것을.

"이랴!"

마차를 끄는 영훈의 목소리만이 시체들이 남은 빈 공터를 길게 울릴 뿐이었다.

*　*　*

마차를 움직임에도 운현은 자신의 고민을 계속 이어 나갈 수밖에 없었다.

잊으려 해도 너무 가까운 일이지 않은가. 잊을 수가 없었다.

당장에 그에게 안겨진 심적 숙제기도 했다.

'나는 잘한 것인가.'

정파인을 떠나 사람으로서 할 일을 한 것이지 않은가. 일면만 본다면 잘한 것이 맞다.

'하지만…….'

동시에, 남궁가의 의뢰를 받아 움직임에도 같이 움직이는 자에게 피해를 준 것이 아닌가.

남궁가도 정파. 자신도 다른 이들의 시선에서 보자면 정파인이다.

그럼에도 둘 사이에서 나오는 간극이 있었다.

남궁가는 남궁가의 임무를 위해서, 사람들의 죽음에 눈을 감을 수밖에 없었다.

혹 또 모른다.

그들이 아녀자를 희롱하는 것으로 모자라, 자신이 타고

있던 마차를 공격하려 했었더라면 자신이 나설 것도 없이 그들이 먼저 나섰을 것이다.

'아서자……. 그건 너무 나 위주로 생각하는 것이겠지.'

하지만 그런 생각마저도 결국 헛된 생각이다.

그런 일은 일어나지 않을 확률이 더욱 높았다.

힘을 숭상하며 실용적이라 말하는 치들이 사파인이지 않은가.

아녀자를 희롱했으면 희롱했지. 값비싸 보이는 마차를 타고 가는 자를 희롱할 생각은 별로 하지 않을 것이다.

호위 무사들로 무장한 남궁가의 무사들을 봐서라도 그럴 것이 분명했다.

피해가 있는 것을 원치 않을 테니까.

결국 자신이 나서지만 않았더라면 이런 일은 발생치 않았을 것이라는 결론으로 귀결이 된다.

"쯧……."

입이 썼다.

갑작스레 혀를 차는 자신을 바라보는 남궁미에게 설명을 할 겨를도 없을 만큼이다.

그만큼 그에게 지금의 상황은 그리 마음에 들지 않았다.

'어렵구나.'

전생을 더하면 살아온 옆에 있는 남궁미보다도 길고 깊에도 여전히 무림인으로 살아가는 건 어려웠다.

어쩌면 전생의 가치관이라는 게 남아 있기에 더욱 그러한 것일지도 몰랐다.

새로운 숙제, 새로운 가치관의 문제, 또한 한 명의 인간으로서 안게 된 고뇌였다.

색다른 방식으로 깨달음을 얻음으로써 무의식과 내외의 일체를 얻었다고 생각했건만 자신은 여전했다.

'검기를 쓰든…… 수기를 쓰든 간에 고민은 여전하군. 흠…….'

소설 속 인물들처럼 단순히, 나쁜 자를 보면 죽이고 어려운 자를 돕고 살아간다면 얼마나 좋을까.

'내가 너무 복잡하게 살아가는 걸지도…… 모르겠군.'

융통성을 가질 나이이건만 여전히 고민 속에, 운현이 마차 안의 시간을 죽여 갈 무렵.

오롯이 중원에서 나고 자라, 무림인으로서 자란 이명학으로서는 고민은커녕 자신이 해야 할 일을 명확히 알았다.

정의를 바로잡고, 정의롭지 못한 자를 벌한다.

자칫 민망할 수도 있는 생각이자, 사파 무인들로서는 비웃을지도 모를 말이다.

허나 이명학, 그로서는 지상명제 중에 하나였다.

도가 문파인 무당파를 나왔음에도 그 가치관만은 확고했다.

어쩌면 허무맹랑한 도를 얻는다는 꿈보다는, 정파인으로서 정의를 행한다고 하는 것이 더욱 가까운 목표일지도 몰랐다.

도라고 하는 것은 너무도 멀었으니까.

이명학은 생각만으로 끝나지 않았다. 의지가 있었다.

"……저긴가."

그에게는 생각을 행동으로 옮기는 것이 당연하였다.

성실함으로 정평이 난 만큼이나, 행동력도 강한 그였으니까.

하기야 성실과 행동력은 반비례하는 것이 아니니, 자연스러운 모습이다.

"……해서 많은 이들이 시름하고 있습니다요, 도사님."

"도사님이라니요. 그리 불리기에는 부족합니다. 이제 수행을 하고 있는 것을요."

"아이쿠. 그리 말씀하셔도 저희 같은 소인들에게야 어디 그러겠습니까."

"하하. 이거 참……."

화전민촌에서 무당파의 도인으로서 정성스러운 한 끼를

대접받는 것은 보통의 일이다.

굳이 무당파 출신이 아니더라도 도가를 믿는 자들은, 도사 복장을 한 자에게 한 끼쯤 대접함으로써 자신의 길함을 비는 것이 전통이었다.

자신의 길흉화복을 도인에게 비는 것이 웃기는 이야기기는 하나, 자연스러운 문화였다.

또한 운이 좋게도 한 끼를 대접한 화전민은 명학에게 한 끼를 대접함으로써 길함을 받을 수 있는 기회가 생겼다.

"놈들은 어느 정도 규모나 됩니까?"

"설마 홀로 나서시는 겁니까요?"

"봐야겠지요. 하하."

화전민은 조심스럽게 말을 하면서도 한 점의 빠짐이 없이 일러 바쳤다.

"한 삼사십 될 겁니다요."

"적지는 않군요."

"예. 한 열댓 명은 저 가까이서 화전민을 하다가 일을 벌인 자들도 있고……."

"저런……."

"벌어먹을 게 없어서 그리 된 것이지요. 소작을 안 하기는 하지만은…… 워낙 벌이가 시원찮지 않습니까요? 가뭄이 있으면…… 그런 자들이 심심찮게 보입니다요."

양민이 배고픔에 못 이겨 산적이 되는 것이야 어디 하루 이틀 일인가.

안타깝기는 하지만, 이미 길을 잘못 들어선 자다. 헌데 그 규모가 양민들이 만든 산적 떼치고는 작지 않았다.

기껏해야 화전민촌 몇을 뜯어먹어서야 삼사십을 유지하지는 못할 거다.

길가는 작은 행상인도 털어야 할 것이고, 그러자면 무력이 필요하다.

행상인도 어떻게든 살아남으려 한 수 재간이라도 갖추고는 하니, 제압을 해야 할 테니까.

"그들은 누가 이끕니까?"

"자세한 것은 모릅니다만은…… 검을 씁니다."

"검이요?"

"예. 흘려듣기로는 양소검호인가 뭔가라고 하는 자가 이끈다고 들었습니다요."

"양소검호라……."

들어보지 못한 이름이다.

무림의 초출로 나서 많은 걸 경험하지는 못한 이명학이다.

하지만 무당파에 있으면서 보고 들은 것이 있지 않겠는가.

적어도 이곳 호북에서 활동하는 무림인 중 이름 높은 자들은 들어 알았다.

그중에서 양소검호는 없었다.

'호남에서 굴러들어 온 건가…… 흐음…….'

호북에 인접한 사파의 영역이야 호남 아니면 중경이지 않은가. 그래도 중경에 비하면야 호남에 훨씬 많은 사파인들이 있다.

중경은 아닐 확률이 높았다.

'산적 토벌 중에 살아남았을 수도 있겠지. 잔당인가.'

다른 성들에 비해서 워낙에 시절이 수상한 호북인지라, 여러모로 떠오르는 수는 많았다.

"결국 그자 하나를 믿고 모인 자들이로군요?"

"예. 그렇기는 합니다만은…… 수가 수인지라…… 주변 문파에서도 쉬쉬하는 것 같기는 합니다. 어차피 저희만 뜯어가지 않습니까?"

"……그렇군요."

정파인이라 해서 정의를 위해서 몸담는 것이 아니다.

상가를 운영하기도 하고, 무공을 한 수 가르치면서 수익을 올려 운영을 하는 것이 정파 문파다.

그러니 돈이 되지 않는 데다, 이득이 없는 화전민들을 위해서 검을 들 자는 실상 많지 않았다.

그렇다고 무당파나 제갈가 같은 곳에는 알릴 수 없었을 거다.

자신들의 영역을 자신들이 지키지 못한 걸 알려서야, 명예만 실추되기 때문.

이런저런 이유로 이런 식으로 운영이 되어 가는 작은 산채들은 정파의 영역에 쌔고 쌨다. 크기만 작을 뿐이다.

아무리 화전으로 살아가는 화전민이라 하더라도 자기 주변으로 돌아가는 이치 정도는 알지 않겠는가.

해서 그는 명학의 복장으로 미루어 신분을 짐작하고는 현실적인 부탁을 해 왔다.

"도사님께서 괜찮으시다면은…… 주변 문파만 설득을 좀 해 주셔도…… 크게 감사할 겁니다요."

"……."

무당파의 도복을 입고 중소 문파를 찾아가면 지원을 얻을 수 있지 않겠느냐는 말이었다.

자칫 기분이 나쁠 수도 있는 부탁이었으나, 그들로서는 살기 위해서 어쩔 수 없는 부탁이었다.

허나 벽에 부딪쳤을 때, 좌절보다는 성실함과 노력으로 맞부딪쳐 왔던 명학으로서는 그의 부탁을 완전히 들어 줄 수만은 없었다.

그의 스승 운인 도장만 하더라도 남에게 미루기보다는 솔선수범하는 것을 옳다 했을 것이다.

"걱정하지 마시지요. 제가 나서 처리해 드리겠습니다."

“어이쿠! 그 양소검호란 자가 도사님만 하겠습니까만은…… 그래도 그들은 수십입니다요.”

“상황을 봐가면서 처리를 할 터이니, 너무 걱정 마시지요. 오늘의 대접은 정말 감사히 잘 받았습니다.”

“……이거 괜한 짐만 드리는 거 같습니다요.”

말은 그리하면서도 화전민의 눈에는 작은 희망이 엿보이고 있었다.

이명학 홀로 처리를 하지 못한다고 하더라도, 무당파 도인의 체면상 어떻게든 처리를 해 주지 않을까 하는 희망이었다.

간사해 보일 수도 있으나, 꽤 현실적인 희망이지 않은가.

‘해 봐야지.’

수행자로서, 또한 한 명의 무림인으로서 그런 희망을 버릴 수는 없지 않겠는가?

한 명의 악인을 베어 만인을 구할 수 있다면 능히 나서 구할 준비가 되어 있는 이명학이었다.

전생의 기억을 가졌기에 되려 혼란스러워하는 운현과 다르게 그는 무림인으로서의 확고함을 가지고 있는 것이다.

“그럼 먼저 움직이도록 하겠습니다.”

“어이쿠! 벌써 말입니까?”

“날이 지기 전에는 탐색이라도 해 두는 것이 좋겠지요. 하핫.”

“그, 그럼 부탁드리겠습니다요. 제가 말한 것은…….”

화전민은 혹여나 일이 잘못되었을 때, 뒷감당을 할까 무서워 말하는 것일 게다.

“걱정 마시지요. 제가 나선 것으로 할 터이니…….”

이명학. 그가 무림사에 처음 수행자다운 일에 나섰다.

과연 그의 행보가 그만의 행보로 끝이 날지, 나비의 작은 날갯짓처럼 태풍으로 다가올지는 두고 볼 일이었다.

第六章
도착하다

강서성.

성의 남쪽은 발전이 덜 되었다.

산지가 가파른 것도 이유지만 마주한 성인 광동에서 얻을 것이 많지는 않은 덕분이리라.

허나 그래도 현은 현이지 않겠는가.

일정 이상은 되는 곳이기에 현이라 칭해지는 것이고 어느 정도의 발전이 되어 있음은 필수다.

신풍현과 정남현 사이에 있는 축흥현.

그들의 목적지이자, 의뢰의 수행처가 될 수 있는 그곳에 도착하게 된 운현과 일행이다.

그곳에서 처음 얻은 소감은 의외일 수밖에 없었다.

"의외로 조용하군요. 정갈한 느낌까지 들 정도입니다."

"……그러네요."

사파의 영역을 지나오면서 보아 왔던, 북적북적함이 하나도 없었다.

밀수, 밀매와 같은 불법적인 일로 주로 돈을 버는 사파다 보니 특유의 소란스러움이 있는 것이 당연하지 않은가.

그런 영역 특유의 느낌도 없었다.

물론 정파의 영역에 비하면야 부족하지만 다른 사파 영역과 비교를 하면 심하다 싶을 정도로 조용한 느낌이었다.

'신기하군…….'

이역수라는 정파와의 전면전을 원하는 호전적 인물이 아니었던가.

그런 자가 맡은 영역이라 한다면, 정파와의 전투를 위한 무사들을 모집한다거나 자금이라도 더 확보해야 할 터.

그렇다면 자연스레 소란스러운 것이 당연한데도 되려 그 반대에 가까우니 혼란스러운 상황이다.

'연화소저가 넘긴 정보대로라면…… 전면전을 원하는 건 사실이긴 한데. 흐음…….'

정보와 전혀 다른 느낌이다.

역시 멀리서 건네어진 정보와 현실에서는 잠시 괴리감이

있을 수밖에는 없는 듯했다. 그러니,

“우선은…… 객잔부터 잡아 보도록 하지요. 좀 알아봐야 하지 않겠습니까?”

“예. 그래야겠네요. 음…….”

의문점이 가득하니, 우선은 잠자코 상황부터 살피기로 한 일행이었다.

‘생각 외로 한가롭군…….’

객잔 바깥으로 보이는 풍경은 다른 곳과 별 다를 바가 없었다.

현에 있는 사람들이 오고 가고, 각자 자신의 본업에 충실해 보일 뿐이었다.

상인은 상행을 하고, 오고 가는 노손은 손을 꼭 잡고는 객잔 밖으로 보이는 시장을 구경하는 별 다를 게 없는 모습이었다.

문제는 별 다를 것이 없는 상황이 그의 생각에 의구심을 가져다준다는 거다.

‘전시 준비를 하듯 팍팍하게 돌아갈 거라고 예상했는데…….’

그의 예상과는 전혀 반대의 상황이지 않은가.

물론 엄연히 말하자면 이곳 중원을 다스리는 자는 무림인이 아니라 황제다.

비록 저 멀리 북경에 있지만, 황제가 중원을 다스린다는 것에 이견을 다는 자는 마교를 제외하고 없을 게다.

그렇다 해도 지금은 그가 있던 전생과 같은 시대가 아니다.

아무리 황제가 있고, 관리가 있다 하더라도 법보다 주먹이 가까웠다.

멀리 있는 황제보다는 힘을 쓸 줄 아는 무림인이 더욱 가깝다 이 말이다.

그 때문에 정파인의 영역과 사파의 영역이 다른 분위기를 띠기도 하는 것이고.

근데 이것은 뭔가.

'상식 외군…….'

정사 대전을 꾸미는 자가 있는 곳치고는 너무도 한가로웠다.

심심찮게 사파 문파에 속한 무인들이 자릿세를 거두고 하는 것은 보였지만 쓸데없는 시비 같은 것은 보이지도 않는다.

나쁜 일이 벌어지기를 바라는 것은 아니지만, 너무 조용할 정도다.

"……대체 어찌 된 일일까요?"

“모르겠네요. 분명 그는 대표적인 주전파 중에 하나예요. 알 만한 무림인은 다 아니까요.”

“그런데도 이렇게 한가하다니…… 무림인이 군인은 아니라지만, 일을 벌이려면 돈은 필요로 할 텐데 말이죠.”

당연한 이야기에 당연한 현상이 없다. 뭔가 자연스럽지가 않았다.

조사를 위해서 영훈을 따로 보내기는 했지만, 사파의 영역이니 그가 구하는 정보도 한계는 있을 거다.

이곳에도 하오문이 있기는 하지만, 하연화가 준 정보에서 크게 달라지지만은 않을 터다.

그녀가 건네 준 정보는 최선의 정보였을 테니 당연한 이야기다.

‘……내가 따로 가 봐야 하는 건가.’

암행술을 익힌다거나 하지는 못했지만, 토행술 같은 잡기는 흑점을 통해 구한 것으로 몇몇 익혀 놓은 지 오래인 그다.

암중으로 깊숙이 파고들어 가지는 못하겠지만 문파 주변을 살피는 정도는 가능할 거다.

눈으로 보고 파악하는 수밖에는 없으니, 결국 이런 수라도 생각해 낼 수밖에 없는 것이다.

밖의 동태를 살피며 한참을 있을 때, 정보를 가지러 나갔던 영훈이 돌아왔다.

"……아가씨. 신의님."

"어떻습니까?"

"따로 숨길 것도 없는 듯합니다. 바뀐 정보도 없습니다."

그들이 이미 가진 정보에서 달라진 것이 없다는 소리다.

이대로라면 얻은 정보도 없다.

그를 꿰어낼 정보쯤이야 이미 가진 지 오래지만, 상황을 제대로 살필 필요는 있었다.

'일의 범위가 이역수라까지인지…… 그 주변까지인지는 살펴야 할 테니까.'

중요한 문제였다.

그렇기에 운현으로서는 결국 마음을 굳힐 수밖에.

"흐음…… 역시 직접 살펴보는 것밖에는 달리 방법이 없겠군요."

"직접요?"

"예. 암행술 정도는 못 익혔지만…… 주변동태야 살피는 게 가능하겠지요."

"위험할 수도 있어요. 차라리 저희 측 무사가 하는 게……."

"아뇨. 지난번에 한 일도 있으니 이번은 제가 나서서 해 보지요. 그 편이 낫지 않겠습니까?"

"……."

사람을 구했던 일을 말하는 것일 게다.

옳은 일이나 일행에게는 옳은 일이 아니게 된 일이었다.

그때의 일 뒤로 운현을 나무라는 자는 감히 없었으나, 작은 앙금 정도는 남았을 수도 있는 터.

그가 나서는 것은 분명 나쁜 일이 아니었다. 되려 일행 전체를 생각하면 옳은 일이었다.

남궁미가 바로 답하지 못하는 이유는 하나뿐. 그에 대한 걱정일 뿐일 게다.

"자랑은 아니지만…… 그래도 제가 제법 하지 않습니까? 걱정 마시지요. 조금만 잘못된 낌새가 보이면 바로 도망쳐 올 테니까요."

"그렇게까지 말씀하신다면야…… 알겠습니다."

책임자인 남궁미의 허락을 받는 것으로 슬슬 움직이기 시작한 운현이었다.

* * *

"흠……."

밖은 여느 사파 문파와 다르지 않았다. 문마다 있는 문지기들 몇, 오고 가는 무사들.

그리고 그들에게 상납금이든 뭐든 어떤 이유가 있어 찾아오는 자들까지.

겉은 분명 다를 바가 없었다.

'슬슬 움직여 볼까.'

저녁 즈음 해서 바깥의 동태를 살핀 운현은, 밤이 되자 좀 더 안으로 들어갈 때라는 걸 느꼈다.

"한 바뀌 돌자고."

"퉤. 귀찮기는 하구만."

"어쩌겠나."

"큿. 끝나고 나서 한잔 걸치러 가기나 하자고."

경비가 아주 없는 건 아니었다.

운현이 의방에 경비를 서는 문파를 돌리듯 밤이 되자, 주변을 돌기 시작하는 자들이 삼삼오오 보이기 시작했다.

하지만 딱 그 정도의 수준이었다.

전시라면 모를까, 문파의 내외 경비로 사람을 쓰는 것은 피로감만 더해 주는 일이다.

대문파라면야 인원이 남아돌기는 하니 혹 모르지만 중소문파에서는 경비에 소홀할 수밖에 없는 게 현실이다.

덕분에 이렇게 잠입을 노릴 수도 있는 거다.

운현은 적당히 상황을 보다가, 표홀한 경공을 사용하며 몸을 띄웠다.

상황을 보고 안으로 들어선 것이다.

"음? 거기?"

"뭐야?"

"무슨 소리 듣지 않았어?"

안에도 경비 몇쯤은 있었던 건가. 아니면 동선이 잘 겹치도록 짠 것일까.

잠시지만 안의 무사들이 운현이 내려선 곳을 바라봤다.

어두운 덕에 보지는 못했지만, 뭔가 소리를 듣기는 한 듯했다.

하지만, 천운이라도 닿은 것일까. 다행히도 별다른 일이 있을 거라고는 여기지 않은 듯했다.

"뭐 쥐새끼라도 있나 보지. 여기 강서에서 뭔 일이 있을라고."

"하기야…… 요즘은 사건도 안 터지고, 조용하지. 쯧. 몸이 근질근질할 정도지 않은가?"

의외로 이역수라는 자신의 문파를 잘 꾸려나가고 있는 듯했다.

"아서게. 다 문주님이 잘해서지. 다른 문파들은 고생이라고 하드만."

문파원들에게 신의도 있는 데다가,

"그야 그렇지만…… 가끔 보면 우리가 정파 무사인지, 사파 무사인지 헷갈릴 정도라고."

"뭐…… 그렇긴 하지."

조용히 문파를 잘 다스리고 있는 상황인 듯 보이는 터.

문파에 속한 무인이 자신의 혈기에 몸이 근질근질할 정도면, 별달리 일도 없이 해나가고 있다는 뜻이었다.

'객잔에서 봤던 시장도 문제가 없었으니…….'

잘못 쳐들어왔나 싶을 정도다. 너무 평화롭지 않은가.

운현은 의문감을 안고 있으면서도 동시에 궁금증을 가지면서 이역수라의 문파를 아주 조심히 탐색하기 시작했다.

'무기고 정도인가…….'

바깥으로 보이는 현판의 이름으로 보아하니, 처음 보이는 건물은 무기고다.

그래도 문파의 무기고이자, 정파와의 대전을 주창하는 자의 무기고답게 꽤 컸다.

'흠…… 다음은 창고 정도군.'

사각지대를 이용하여 조심스레 움직이며 안을 샅샅이 뒤져보는 운현이었다.

무기고, 창고, 식당, 숙소.

그의 의방과 비슷하면서도, 조금은 다른 공간들이 그를 맞이했다.

유난히 무기가고 큰 것과 평소 준비를 철저히는 하고 있구나 싶은 것을 제외하면 별다른 것이 없어 보일 지경.

그런데,

"흐……."

그의 눈앞을 채우는 아찔한 광경이 있었다.

여태까지 보았던 광경들은 일반적인 문파의 풍경과 전혀 다를 것이 없었다.

있을 것이 있고, 준비를 철저히 한 듯하고 사파 문파치고는 평화로워 보였달까?

그가 이곳에 온 것이 괜한 것이 아닐까 싶을 정도로 의외의 광경들만이 보였었다.

그런데 이건 뭔가.

'감옥인가…… 아니…… 이런 걸 감옥이라고 해야 하나.'

사파 문파는 사파 문파인 것인가? 정파인과는 다른 방식으로 살아가기에 이런 짓을 벌이는 것일까?

마교라면 모를까 사파인은 인외의 일을 그리 자주 벌이지는 않는다고 알았던 터.

그런데 눈앞에 보이는 광경은 그것과 전혀 달랐다.

사람. 사람. 사람. 이곳저곳에 사람이 갇혀 있었다. 대부분 한 명씩, 혹은 잘해야 두세 명씩. 개중에는 노인도 있기는 하였지만 아이들이나 젊은 여인들이 다수였다.

이곳만큼은 꼭 지켜야 한다고 여긴 것인지 다른 곳에 비해 경비마저도 훨씬 많았다.

감옥 주변으로 불을 훤히 피워 운현이 있는 곳을 제외하고는 사각지대랄 곳도 별로 없어 보일 지경이었다.

'대체…….'

어떤 사연인지는 모른다.

하지만 감옥에 붙어 있는 피딱지들과 오물들. 그 안에 갇힌 무공도 익히지 않은 듯한 양민들로도 충분히 상황은 설명됐다.

무엇인지는 모르지만, 바로 이곳에서 무언가가 일어나고 있었다.

생각지도 못한, 그 어떤 일이 일어나고 있는 것이다.

'저 많은 사람을 가둬서 할 일이란 게 대체 뭘까…….'

고작해야 문파에 바치는 자릿세 정도를 내지 않았다고 저런 짓을 하지 않을 터.

일반적으로 생각하기 힘든 그 어떤 일이 일어나고 있는 것이 분명했다.

그때.

"으읏……."

"쯧…… 또 쓰러졌군."

갇혀 있던 자들 중에 노인으로 보이는 자가, 이곳을 견디지 못한 것인지 결국 쓰러지는 것이 보였다.

꽤 오랫동안 있었던 듯 거의 헐벗다시피 한 옷가지와 그의 초췌한 안색은 혐오감보다는 동정심을 더욱 더해 주는 인상이었다.

그럼에도, 경비를 맡고 있던 자들은.

"……치워. 잘못하다가는 간수 못 했다고 문주님이 경을 칠라."

"쯧. 하필이면 우리 순서에…… 귀찮게 됐누만."

별 대수롭지도 않은 광경이라도 된다는 듯, 습관적인 태도로 쓰러져 버린 노인을 치우고 있었다.

말 그대로 부축이 아니라 치우는 행동이었다.

'……이곳도 모순이군.'

이역수라가 문주로서 문파를 잘 다스려 몸이 근질근질하다고 한 무인들을 바로 전에 보지 않았던가.

그들이 익힌 무공이 무엇이든 간에 사파 문파인이기보다는 정파 무인들처럼 보일 정도였다.

그런데 지금은 뭔가.

조금만 안으로 들어왔을 뿐인데, 상상 외의 광경이 눈앞을 가린다.

사람이 죽어 가는데, 귀찮아 할 상황이라는 게 어디 있겠는가.

전에 보았던 모든 광경들이 거짓이 아닌가 싶을 정도였다.

"내가 가서 치우지."

"부탁하네. 다음번에는 내가 할 테니까."

"흘. 그거야 당연하고. 엄한 일을 했으니 있다 술이나 한 잔 사게나."

"아무렴!"

혐오스럽게도 그들은 일상적인 일을 하듯, 노인을 들어 치울 뿐이었다.

'금수들이군…….'

그런 광경을 보자니 구역질이 치밀어 오르는 운현이었지만, 저번처럼 몸이 먼저 튀어나간다거나 하지는 않았다.

다만 조심스레 사각지대를 노려, 노인을 옮기는 무사의 뒤를 쫓아갔을 뿐이었다.

시체를 처리하는 곳이 따로 있기라도 한 것인지, 무사는 수레에 노인을 싣고는 한참을 두고 문파 뒤에 있는 산을 향해 올라갔다.

이각 정도는 움직인 걸까. 꽤 오랜 시간 무사가 움직여서인지 주변에 인기척이라고는 하나도 없었다.

노인. 무사. 운현. 셋을 제외하고는 누가 있을 거라고는 전혀 생각이 들지 않는 상황이었다.

'……처리할까?'

문뜩 그런 생각을 하던 운현이, 고개를 휘휘 저었다.

지금 당장에 무사 하나를 처리할 수는 있더라도, 되려 일이 커질 수 있음을 알고 있기 때문이다.

전에 여인을 구하는 일이야 뒷수습을 어찌할 수 있는 상황이라고 하더라도, 지금은 아니었다.

몸을 사려야 했다.

입이 썼지만 운현은 조심스레 사내만을 뒤따라갈 뿐이었다.

이윽고 얼마나 더 갔을까.

'마을…… 이었던 곳인가.'

직선거리로도 한 시진을 더 가고 나서야 무인은 노인을 실은 수레를 멈추어 세웠다.

이동한 시간이 거의 한 시진에 가까운 것을 감안하면, 꽤 긴 거리다.

현의 중심에서 꽤 멀리 떨어진 외진 곳이기도 했다.

만약 사람을 옮기는 것이 아니라, 물건을 옮기는 것이었다면 무사가 귀찮아하는 심정도 이해를 해 줄 수 있을 정도였다.

마을 같은 곳에서 더욱 들어간 무사는 어느 한쪽에 가더니 수레를 멈추어 세웠다.

"으차……."

그러고는 한 차례, 기합을 넣고서는 수레를 엎어 노인을 수레에서 그대로 버리듯 떨구어내었다.

"휴…… 다시 돌아가려면 또 꽤 걸리겠군. 교대려나."

그러고는 자신의 할 일을 다 했다는 듯, 수레를 챙기고서는 본래 왔던 길로 돌아갔다.

사람을 버렸음에도, 죄책감 하나 느껴지지 않은 그런 태도였다.

운현으로서는 마지막이지만 그를 처리할까 싶은 마음이 드는 광경이었다.

얼마 뒤.

"후우……."

무사가 완전히 물러났음을 확인한 운현은 노인을 향해서 다가갔다.

무언가 실마리라도 얻을 수 있지 않을까 싶어 다가간 상황이었다.

그리고.

"……이런!"

따라가면서 들키지 않기 위해 노인으로부터 멀리 떨어져 있을 때에는 몰랐던 것을 알 수 있었다.

미약하지만 노인은 분명 숨을 쉬고 있었다. 아주 얕디얕은 숨.

죽은 줄 알았던 노인이 살아 있었던 것이다!

"미친……."

욕이 절로 나오는 상황이다. 노인을 치우던 무사라면 분명 노인이 살아 있음을 알고 있었을 터.

그럼에도 노인을 버리듯 하다니, 악마가 따로 없었다.

운현은 급히 몸을 날려 노인에게로 다가가, 진기도인을 하기 시작했다.

침술, 약보다도 지금 당장에는 그의 선천진기가 가장 좋은 응급약이기에 하는 행동이었다.

얼마나 진기를 불어 넣었을까?

"쿨럭."

백 년에 가까운 내공을 가지고 있는 운현임에도 삼분지 일 정도의 내공을 불어넣고서야 노인의 잔기침을 들을 수 있었다.

딱 그 정도였다.

"사, 살았……."

노인은 애써 뜬 눈마저도 제대로 뜰 줄을 몰랐다. 신음을 내뱉으며 운현을 주름 덮인 눈으로 바라볼 뿐이었다.

살고 싶다는 의지를 가지고 있는 눈이었으나,

'……기운이 미약하다.'

곧 죽을 자의 눈이기도 했다. 아쉽게도 이런 상황에서조차 살릴 능력은 없었다.

의학과 무학의 경지가 몇 단계는 올라가기 전에는 무리다.

회광반조라도 보이는 것일까. 노인의 눈이 조금이지만 뚜렷해진다.

"……신…… 선 님이라도…… 되는 것……."

"아닙니다. 지나가던 의원입니다……."

의원이라는 말에 희망이 더욱 거세지다가, 잠잠해진다. 노인도 자신이 죽을 때라는 것을 본능적으로 아는 듯했다.

"흐…… 곧…… 죽겠지요?"

"……."

침묵이 곧 긍정. 그 정도도 못 알아들을 만큼 노인은 어리석지 않았다.

"큿…… 결국 그리 되는……."

죽음에 대한 대가인가, 그도 아니면 죽기 전 마지막 발악이라는 회광반조인가.

노인은 전보다 더 또렷한 눈으로 운현을 바라봤다.

"……전해 줄 수 ……있겠소이까?"

"가족에게 말입니까?"

"아니오…… 사연…… 이런 사연. 가족은…… 거기……있겠지."

상황을 모르던 운현으로서는 당장에라도 듣고 싶던 이야기였다.

"……말씀해 주신다면 크게 도움이 될 겁니다."

“큿. 그래…… 그렇다면…….”

짧지만, 큰 무언가를 내포한 이야기가 노인의 입으로부터 흘러나왔다.

운현으로서도 눈이 크게 뜨일, 또한 이역수라가 죽기에는 충분한 이유였다.

노인의 마지막까지 이야기를 들어주던 운현은, 한이 맺힌 듯 눈조차 감지 못하는 노인의 눈을 감겨주었다.

그러곤 주변을 살펴, 노인과 같은 처지로 누워 있는 시체들을 마지막으로 바라봤다.

무덤을 만들어 주고 싶었으나, 당장에 그가 다녀갔음을 들킬 수도 있음에 무덤을 만들어 주는 건 무리였다.

‘……가 봐야겠군.’

다만 지금의 이야기를 일행에게 전하기 위해서 움직일 뿐이었다.

당위성은 충분히 갖췄다.

사파인 전체가 죽을 자는 아니어도, 이역수라는 죽을 만한 자였다.

그가 무슨 사연을 가지고 있든, 설사 그가 무언가의 피해자든 상관은 없었다.

죗값을 치르게만 하면 될 뿐이었다.

第七章
반대 측

모든 일은 연쇄다.

하나의 사건이 일어나면, 하나의 결과만이 파생되는 것이 아니다.

하나의 원인에 하나의 결과. 세상이 그리 돌아갔더라면 세상은 단조롭다 못해 지겨웠을 거다.

조금 더 똑똑한 자들은 세상 자체를 예측할 수도 있을 정도일 게 분명했다.

굳이 이런 이야기를 왜 하냐고?

뿌려진 씨앗 하나가 여러 개의 열매를 맺어가고 있음에 그러했다.

"크윽…… 저, 저는……."

"어서 말해라."

빛이라고는 등잔이 만들어 주는 최소한의 빛 아래에서 흉흉하기만 한 광경이 그려지고 있었다.

여인과 사내 하나. 그리고 그 주변에 장식품처럼 놓아진 도구들.

흉측하기만 한 도구들의 모습을 보고서는 어디에 쓰일지 알 수가 없는 터.

허나 사내는 그 용도를 아주 잘 알고 있는 듯했다.

사내가 불에 달구어 놓았던 끝이 뭉툭한 꼬챙이를 들어 초췌하다 못해, 죽어 가는 여인에게 가져다 댄다.

"으아아악!"

비명이 고통을 감쇄해 주지는 않는다. 허나 최소한의 위안은 됐다. 아니, 자신이 고통스럽다는 신호를 보낸 정도는 될 수 있을지도.

사내는 그런 여인의 고통마저도 이미 즐기고 있다는 듯 같은 말을 반복할 뿐이었다.

"어서 말해라."

반복 뒤에는, 또 다른 흉측한 도구로 여인을 괴롭히기를 한참.

"아아악! 제, 제발!"

여인이 이미 항복의 신호를 보낸 지 오래건만 사내는 멈출 줄을 몰랐다.

그의 표정을 보고 있노라면 지금의 상황을 즐기고 있는 것이 분명했다.

얼마나 시간이 지났을까.

시간을 알 수 있을 실마리조차도 없는 암실에서 사내가 고문을 그만둔 것은 한참 뒤의 일이었다.

"어서! 말을 하라고 했지!"

퍼어억.

인정사정없는 발길질에 여인은 반항조차 못한 채로 묶인 그대로 맞았다.

"크읏……."

끝난 줄 알았던 고문이 이런 폭력으로 발현될 줄이야. 사내는 금수(禽獸)며, 인간 이하였다.

제대로 정신을 박힌 자라면 결코 이러한 짓을 벌이지는 않으리라.

여인은 더 반항할 수 없음을 알기에, 자신이 말할 수 있는 최선을 했다.

"이미 알고 …… 있는 것은…… 전부……."

"고작해야 그것뿐이냐? 남쪽으로 내려갔다는 거? 응? 그래? 그럼 이 돈은 어디서 났단 말이냐?"

"구, 구해 주신 분이……."

"하…… 이 큰돈을 그냥 공짜로? 말이 되느냐? 너와 일면식도 없는데? 응?"

이게 무슨 말일까. 돈은 무엇이고, 남쪽은 또 무슨 이야기일까.

대체 이 여인이 누구기에?

자세히 보니 여인은…… 운현이 구해 주었던 여인이다.

남편을 잃어 애써 멀리 도망치고자 했던 가련한 여인이 이곳에 잡혀 있었다. 애처로운 일이다.

운현이 선의로써 건네어준 돈도, 선의로써 한 처벌도 사내는 이해를 하지 못하는 듯했다.

사내의 상식선에 대가 없는 선의라는 것은 들어가 있지 않은 듯했다.

"어서 말을 해라! 어서!"

"저, 정말……입니다."

여인은 사내의 다그침에 더 버티지 못하겠는 듯, 잘 열리지도 않는 입술로 오물거리며 답을 해 줄 뿐이었다.

한마디 한마디를 내뱉음에도 고통스러워하는 모습이 가련할 정도였다.

"그래?"

“……예에…… 멀리 가라고…… 했습니다. 머, 멀리…….”

“하…… 우리 향성문 문도를 죽게 만들고 멀리? 응?”

“…….”

더 말을 해서 무엇할까.

너무도 늦었지만, 그제야 여인은 눈치챘다. 아니 애써 인정하고 싶지 않은 것을 인정할 수밖에 없었다.

사내는 자신을 살려 줄 생각은 없었다. 불구로 만들고 버릴 생각도 없었다.

죽음. 오직 자신의 죽음만을 원하고 있었다.

지금껏 해 왔던 고문, 모든 다그침, 괴롭힘은 단지 사내의 즐거움을 위한 도구였다.

사내의 희번덕거리는 눈에 쓰인 희(喜)라는 감정이 그 모든 근거였다.

죽을 수밖에.

아니 죽더라도 죽는 그 순간까지 고통 받을 수밖에 없다는 사실이 여인에게는 그 무엇보다도 큰 고문이었던 것일까?

마지막에 마지막까지 희망을 가지던 그녀의 눈이 회까닥 돌아가 버렸다.

“……킥.”

며칠이고 지속되는 고통에 미쳐 버린 것이다.

그제야 자신의 눈을 기쁨으로 가득 채우던 사내가 인상을 잔뜩 찡그렸다.

"쯧…… 이년은 오래 버티는가 했더니."

잔뜩 갖고 논 장난감이 사라졌다는 듯, 사내가 짜증을 낸다.

그리고 동시에,

퍼어억—

사내가 자신의 검을 꺼내 들어 여인을 베어 버리는 건 순간이었다.

"쯔읏……."

자신의 할 일은 다한 듯, 손을 탁탁 털어버리던 사내가 그제야 암실을 나선다.

사내를 기다리고 있었던 것일까?

"문주님!"

"끝났다."

같은 복장을 하고 있던 자들이 그를 맞이한다. 그를 문주라고 부르면서.

빛에 드러난 그들의 옷은 분명, 여인의 남편을 살해하던 문도들이 입고 있던 복장과 같았다.

가슴에 새겨진 그들의 무늬가 증거였다.

이것으로 확실했다. 여인은 결국 제대로 도망치지 못하고 이곳에 잡힌 것이다.

그 뒤로 항성문의 문도들의 죽음에 대한 고문을 받았을 것이 분명했다.

"알아내신 겁니까?"

"흐음…… 조금……."

안에서 무슨 일이 일어났는지를 뻔히 알 것 임이 분명함에도, 이들은 전혀 신경조차 쓰지 않고 있었다.

여인의 죽음은 그들과는 전혀 상관이 없다는 듯 대화를 이어 나갈 뿐이었다.

"그럼 련에 보고를 올립니까?"

"아니. 생각을 좀 해 봐야지."

"그렇다면 복수는……."

"하핫. 그걸 안 하겠느냐? 하지만 확실히 하는 것이 좋지 않겠느냐? 련도 있지만, 그곳도 있고……."

"그렇다면……."

둘은 무엇을 알고 있다는 듯, 그제야 조금씩 목소리를 낮추기 시작했다.

"잘만 하면 복수뿐만 아니라 그 이상도 얻을 수 있으니…… 조금 느긋해도 되지 않겠느냐."

문주라는 자가 자신의 머리를 톡톡 두드리며 말한다.

"머리를 쓰란 말이지."

"아아. 어쩌면 좋은 정보일 수도 있겠군요. 전에 들어온 정보를 생각하면……."

"훗. 그런 거지. 자아, 움직여 보자꾸나."

자신의 잔혹함을 생각지도 못하고, 문주는 자신이 호쾌한 무인이라도 되는 듯 호탕하게 웃어 보이며 움직이기 시작했다.

사내들도 문주를 따라 움직일 뿐.

암실에 남은 여인의 시체만이 덩그러니 놓여, 그들의 잔혹함을 마지막으로 알릴 따름이었다.

*　　*　　*

이역수라.

수하들에게조차도 자신의 본명을 말하지 않는 그는 사람좋아 보이던 가면을 벗어던지고서는 본래의 모습으로 돌아왔다.

"그래? 누군가 다녀간 게로군……."

"……죄송합니다."

표리부동(表裏不同)한 표정의 고수라 할 수 있는 그이지만, 앞의 수하가 올리는 보고에는 그조차 가면을 지킬 수 없었다.

수하는 몇 안 되는 그의 진면목을 아는 최측근 중에 하나였다.

한 끗. 잘못하여 한 끗만 잘못하여도 자신의 죽음으로 이어진다.

그렇기에 지금 이역수라의 모습에 식은땀을 흘리며 잔뜩 긴장을 할 수밖에 없었다.

"누군지는 밝혔는가?"

"송구합니다. 최소한의 흔적만이 남아 있었습니다. 그나마도 문주님이 마련해 놓은 진이 아니었더라면 몰랐을 정도입니다."

허술해 보이지만, 결코 허술하지만은 않은 게 그의 문파였다.

자신의 문파 이름을 이원문(利原門)이라 정한 것만큼이나, 문파는 겉보기보다는 탄탄했다.

그가 설치한 진만 하더라도, 많은 도움을 받아 만든 진이었다.

지금의 이 자리에 오기까지 자신을 도운 자들이 만든 진이었으니까 보통의 것은 아니다.

대문파에 설치된 진만큼은 못해도 현재 문파 수준보다는 높은 수준의 진이었다.

그런데도 최소의 흔적만 남았더라면, 수하만을 처벌할 일은 아니었다.

"……진에 최소의 흔적이라. 그렇다면…… 최소 절정이겠군?"

"그럴 듯합니다."

"흠…… 절정이라……."

이역수라만 하더라도 절정이다. 십수 년도 더 전부터 절정이다.

그다음의 경지에는 아직까지도 오르지 못했지만, 절정에서는 이미 완숙에 다다라 있다 할 수 있는 경지였다.

"다 봤을 것 같은가?"

"솔직히…… 못 봤을 리가 없을 듯합니다."

"패착이군. 진을 너무 믿었어. 혹여 만리향도 안 묻었는가?"

"처마부터 모두 다 뒤졌지만…… 그대롭니다."

"하……."

암행술을 익힌 자였더라면 오히려 더욱 쉽게 잡았을지도 모른다.

암행술을 익힌 자들이 있을 곳에 마련된 만리향만 묻었더라면 이미 추적을 끝내고도 남았을 거다.

'상대한테는 천운인가……'

상대는 절정. 암행술을 익히지 않았을 거다.

그러니 암행술을 익힌 자와는 달리 어수룩한 부분이 있어 되려 걸리지 않은 게 분명했다.

암행술을 익힌 자를 상대로 대비를 해 놨는데, 그 특징을 비껴나가니 문파에 사람이 쳐들어왔는데도 찾지 못하는 우스운 상황이 펼쳐진 것이다.

세상만사를 전부 대비할 수는 없다지만, 아주 우습지도 않은 상황이다.

우연에 우연이 맞아떨어져서 모든 대비를 피해 가다니 희극적이지 않은가.

우습지도 않은 상황에 이역수라로서는 괜스레 입이 썼다.

상대는 자신이 만든 문파의 대비가 철저하지 못하다고 비웃을 것이 분명했다.

하지만 흔적을 찾았으니, 끝은 아니었다. 그 자체도 실마리가 될 수 있었다.

이역수라는 역순으로 나아갔다.

"침입을 했으면 목적이 있겠지. 뭐라 생각하나?"

"아무래도 문주님이 아니겠습니까? 문파는 걸릴 게 없습니다."

"그도 그렇겠군."

생긴 지 얼마 되지 않은 문파다. 자신도 그들의 지원이 없었더라면 만들지 못했을 문파다.

그렇다면, 노릴 것은 자신뿐이다. 문파원들을 노렸더라면 이렇게는 안 왔을 것이다.

첫 번째 실마리다.

"조직에 관련된 쪽이라 생각하는가?"

이런 식으로 일을 해결해 가는 이역수라의 성격을 알기에 수하는 착실히 답을 해 나갔다.

"그건 확신을 못 하겠습니다. 그럴 수도 아닐 수도 있겠지요."

"크흠…… 반반이군."

조직을 노릴 수 있는 확률도 배제는 못 한다.

하지만, 근래에 들어 자신은 조직과 접촉 자체를 최대한 피하는 터.

조직은 아닐 확률이 더 높았다. 결국 노리는 건 자신이다.

"가장 확실한 건 역시 나를 노린 거겠군. 보자, 나를 노릴 자가 몇이나 될 거라 생각하는가?"

"솔직히 말씀드려 그건…… 알기 어렵지 않습니까?"

서역인이 아님에도, 피가 잘못 섞인 건지 중원인보다는 다른 인종에 가깝게 태어난 이역수라다.

덕분에 어려서부터 핍박을 받았으며, 성격조차 삐뚤어졌었다. 얼마 나이를 먹지 않아 부모에게조차 버림을 받았을 정도다.

조직을 만나서 악착같이 살았고, 악착같이 올라왔다.

"……많기는 하지."

"그렇습니다."

그러니 그런 그에게 적이라면야 쌔고 쌨다. 너무 많아서 손으로 셀 수가 없을 정도다.

지금의 평화는 적이 없어진 것이 아니라, 그가 강해져 잠시 억눌려 있을 뿐이다.

"인정은 빠르군."

"그래서 절 데리고 있으신 것이지 않습니까."

"……그건 그렇지."

그나마 믿을 만한 자들이라고는 자신과 뜻을 같이하는 수하들 몇 뿐이다.

문파에 속한 문파원들조차도 실상은 믿을 수 없는 존재들이었다.

그가 힘을 잃는다면, 자신의 자리를 노리고서라도 덤벼들지도 모를 자들이다.

사파인의 속성이 그러했으니 억측도 아니다.

"어쩌시렵니까?"

수하가 묻는다. 식은땀을 흘리던 것은 이미 잊기라도 한 듯, 당당하니 묻고 있었다.

이역수라가 처벌을 하지 않을 것을 알자 바로 태도를 바꾼 것이다.

살 수 있다는 계산이 끝나니 변하는 모습을 보고 있노라면, 실소가 절로 흘러나올 정도다.

'이래서 데리고 있는 거지. 쓸 만하니까.'

수하는 이역수라에게 답은 정해져 있는 것을 알면서도 확인을 하려는 것일지도 몰랐다.

"노리는 자들이 있다면 상대를 해야겠지. 전처럼."

"애들을 모읍니까?"

"흠……."

문파원들을 데리고 가면 일은 수월하게 끝이 날 수도 있었다. 하지만 그래서야 체면이 안 선다.

거기다 체면도 체면이지만, 이번 일이 윗선에 올라갈 수도 있었다.

그건 좋지 못했다.

조직은 철저히 능력제다. 조금이라도 삐끗하는 모습을 보이면 지원이 끊어질지도 몰랐다.

지원이 끊어지면, 자신은 다시 예전의 나락으로 떨어지겠지. 그래서는 안 됐다.

'선택권은 없는 건가…….'

결국 남은 것은 믿을 수 있는 수하들 몇을 데리고 준비를 하는 것에 있었다. 전처럼.

대신에 수하들에게 많은 것을 보장해야 할 게다. 그게 수하들과 자신의 거래니까.

"그건 무리일 듯하군."

"차라리 문파전이면 속이 시원 할 텐데…… 역시 그렇군요."

조직의 지원을 받아 열심히 키운 문파다. 중소문파치고 정예다. 약한 놈은 없었다.

그러니 수하가 아쉬워하는 것도 이해는 갔다. 분명 수하가 있으면 편했을 거다.

'이가 없으면 잇몸으로라도 해야지.'

언제 이역수라 자신이 쉽게 인생을 살았는가.

언제나 어려웠다. 악착같이 버티고, 죽일 놈은 죽이고, 후려칠 놈은 후려쳐서 올라 온 자신이다.

그는 이번에도 자신을 노리는 자를 처리할 자신이 있었다.

"그래도 미리 준비하는 것과 준비하지 못한 것은 다르지."

"그렇습지요. 그럼 호법과 장로. 그리고 그들도 준비시키도록 하겠습니다."

"그래. 그들까지는 괜찮겠지. 그 정도면 차고도 남지 않겠는가.”

호법 넷에 장로 열. 중소문파치고 많은 수다.

거기에 자신의 직속수하라 할 수 있는 스물 정도를 더하면 총 서른이 넘는 수를 동원할 수 있었다.

문파가 아닌 작게 방을 운영할 때부터 데리고 다니던 자들이다. 실력은 최상이다.

“확실히 그럴 겁니다. 흐흐. 거기다 함정을 준비하면…….”

수하가 자신의 목 앞에 스윽하고 손날을 스쳐 지나가게 한다.

“다 베어 버릴 수 있겠지요.”

“좋군. 언제 날 노릴지는 예측이 되니…… 슬슬 준비를 하게나.”

운현이 그를 노리듯, 이역수라도 준비를 시작했다.

악인, 사파인, 무림인이기 이전에 한 명의 인간으로서 언제나 그렇듯이 살아남기 위해서.

악착같이 살아남아 자신만의 뜻을 곧추세우기 위해서 그가 뱀이 꽈리를 틀 듯 천천히 몸을 웅크리기 시작했다.

사특한 뱀처럼 자신을 노리는 자를 단 한 방에 물어버리기 위하여.

第八章
사연

“사실…… 좀 이상하기는 했습니다. 이역수라 같은 자가 화전민촌을 다녀가는 게 말이죠.”

이역수라가 화전민촌을 들르곤 한다는 내용은 하연화가 준 정보에서도 쓰여 있었다.

수하 몇을 대동하거나 홀로 다녀간다고는 했는데, 그 외에 내용은 몇 없었다.

“그런 내용이 있었나요?”

“예. 말도 안 되지만 선행이라도 하나 싶었습니다. 다녀간다는 말 외에는 뭐가 없었으니까요.”

“……그렇군요.”

때문에 운현도 이곳에 오면서도 고민을 했었던 거다.

혹여나 화전민촌에 이역수라가 옳은 일을 하고 있다면, 그를 죽이는 것이 맞느냐 아니냐에 대한 고민이었다.

물론 다른 고민도 없는 것은 아니다. 오면서 생긴 고민도 있으니.

하지만, 여러 가지 고민 중 최근의 그를 옭아매는 고민이라고는 할 수 있는 일이었다.

"주기적으로 화전민촌을 왔다 갔다 하는 것 자체가 달리 해석할 여지가 없었으니까요. 설사 자신의 문파원을 모집하는 거라고 하더라도 그건 그대로 선행일 수 있으니까요."

"배를 곪지 않게 되니까요?"

"예. 제가 고아 아이들을 데려왔듯, 그도 그런 행위를 하는가 했습니다."

지금에 와서는 이역수라가 자신과 같은 행위를 한다고 생각한 것 자체가 억측이었다.

"신의님은 사람을 너무 좋게만 생각하는 걸지도 모르겠네요."

"……그럴지도요. 들은 바가 있으니 아니라고는 못하겠군요."

노인이 죽어가면서 말했다.

이방인처럼 생겼지만, 사람 좋은 얼굴로 찾아왔던 이역수라는 분명 처음에는 선한 자였다.

마을의 어려운 점을 볼 줄을 알았고, 화전민들이 잘 정착을 할 수 있도록 편의를 봐줄 줄 알았다.

덕분에 여러 곳으로 흩어져 있던 화전민촌이 크게 모이기 시작했단다.

몇 개의 호가 겨우 있는 화전민촌이 아니라, 숨겨져는 있지만 제법 큰 마을이 되었다 이 말이다.

그때부터 악의를 내밀 줄은 상상도 못했단다.

"……다 납치했다고 하더군요. 남녀노소 할 것 없이 백도 넘는 사람들을요. 제가 본 자들이 다가 아닐지도 모릅니다."

"심하군요. 확실히요."

"예. 거기다 이미 죽은 자들이 있을지도 모르지요. 다른 이유를 떠나 확실히 막아야 할 자입니다."

사람을 납치하여 무슨 일을 하는지는 모른다.

단순히 납치라고 보기에는 남녀노소를 가리지 않은 게 이상했다.

그가 상상하기 힘든, 아니 상상하기도 싫은 어떤 일이 벌어지고 있는 것이 분명하다.

'미친 짓이겠지. 분명.'

사파인인 이역수라로서도 같은 사파인들에게 알리게 되면 좋지 못할 일이기에 외부적으로는 숨기는 걸 게다.

사람을 이용하는 일이 뭐가 있을까? 무림인이?

그에 대한 예상은 운현이 아닌 남궁미가 먼저 내 놓았다.

"마공을 구해서 익힌 걸지도요. 그도 아니면……."

"마공이 아닌 다른 것도 있습니까?"

"……강시. 전에 보았던 강시와 같은 일일 수도 있지요. 생각하기만 해도 끔찍하지만요."

강시라.

천병이 걸린 자들이 있던 그 마을이 운현의 머리로 스쳐 지나간다.

하나의 영상이라도 된 것처럼 그때의 기억은 생생하기만 했다.

불쌍한 많은 이들을 살리지 못했으며, 죽어 가는 걸 볼 수밖에 없었던 기억이다.

'……그런 일이 또 발생할 수도 있단 건가.'

만약 강시라면 그때의 일이 두 번, 세 번 반복될지도 몰랐다.

"차라리 마공이기를 바라야겠군요. 또 강시라면…… 상상도하기 힘든 일이네요."

"예. 그리 돼서는 안 되죠…… 호북에 이어 강서까지 그런 일이 일어난다면 생각 외로 큰일이 되니까요."

강시는 정사대전 정도의 문제가 아니다.

무림인만의 문제가 아니라 양민조차도 문제가 될 수 있는 것이 강시의 출현이다.

'그거만은 아니어야겠지…….'

운현은 진심으로 아니기를 바랐다.

"일단은 어떤 이유든 준비하도록 하지요. 그가 화전민촌을 다녀가는 건 아직도 유효하니까요."

"거기서 노리면 되겠군요?"

"예. 마음 같아선 당장에 쳐들어가서 전부를 처리하고 싶지만, 일단은 일보(一步)부터 나가야지요."

자세한 정보는 이역수라로부터 얻으면 될 거다.

실패를 한다면, 시간을 두고 얻어도 될지도 몰랐다. 실마리가 아주 없는 건 아니었으니까.

사파의 영역이니 몸을 사리며 움직여야 했다.

"예…… 그럼 미리 준비하겠습니다."

*　　*　　*

잠잠하다. 그 흔한 산새소리조차 들리지 않았다. 자연스럽지 않은 상황.

"흐흠……."

그럼에도 이역수라는 어울리지도 않게도 산보를 즐기는

듯 묘한 흥얼거림까지 더하며 나아갈 뿐이었다.

무엇이 그리도 기분이 좋은 것일까. 시커멓기만 한 그의 속내를 누가 알랴. 알 수가 없다.

속내는 몰라도 그의 목적지는 알았다. 화전민촌.

전에 가던 곳보다 조금 더 떨어진 곳으로, 그의 시커먼 목표일지도 모를 곳이다.

그런 그를 조심스레 따라가는 자가 있었으니,

[이제 막 올라가는 거지요?]

[예.]

운현, 남궁미 그리고 일행이다.

남궁 무사 셋을 제외하고는 암행술을 익혀 놓은 것은 아니지만 그가 오기 전부터 미리 길을 익혀놓은 일행이다.

익숙함으로 은밀함을 얻을 수 있었다. 게다가 여덟이라는 수를 가리기에는 숲의 우거짐은 충분했다.

암행술 이전에 기감은 최소로 하였으니 어지간해서는 여기서 상대에 걸릴 일은 없었다.

얼마나 걸어들어 갔을까.

[저기로군요.]

목적은 이역수라. 하지만 화전민들의 피해를 생각해서, 일은 그가 다녀가고 나서 시작을 하기로 했다.

그런데,

"하앗."

산보하듯 천천히 걷던 이역수라가 갑작스레 경공을 펼치는 것이 아닌가.

화전민촌을 향해서 달려가기 시작하는 그의 기세는 결코 단순한 기세가 아니었다.

살기(殺氣).

누군가를 죽이기 위한 기세를 북돋은 듯 그의 기세는 강하다 못해 주변을 잡아먹을 정도였다.

[무슨……!]

놀란 와중에서도 용케 전음은 날린 운현이다. 하지만 그 외에는 달리 무얼 해야 할지를 몰랐다.

전혀 예측하지 못한 상황이 주는 당황스러움이다.

운현 일행에게 당혹감을 안겨주려고 했던 걸까. 아니면 본래부터 그의 목적이 화전민촌에 있었던 것일까.

그가 살기를 돋우어 마을의 중앙에 어설프게 서 있는 노인을 향해서 손을 뻗친다.

"……염화수(染華手)."

염화(炎火)가 아니다. 염화(染華)다.

꽃을 새겨 넣는 듯 남는 상처가 표식처럼 남는 이역수라만의 진신무공이 바로 눈앞에 펼쳐지고 있었다.

노인을 상대로!

운현과 일행이 일을 벌이기도 전에 이역수라가 움직인 것이다.

'자연스럽지가 않다.'

하지만 어차피 처리하려고 마음먹었던 이역수라가 아닌가?

죽일 자였다. 죽을 만한 짓을 한 자였고, 같이 하는 남궁가와는 인연이 좋지 못한 자다.

그럼 그것으로 충분한 이유가 되지 않을까?

운현이 남궁미를 바라본다.

"……."

"……."

전음조차 없는 침묵이지만, 서로 고개를 끄덕임으로써 의견은 확인했다.

예정보다 좀 더 빨라지기는 했지만, 바로 움직이기로 한 것이다.

"으아아악!"

그 사이 노인의 단말마가 조용하기만 했던 화전민촌과 숲을 가득 채운다.

첫수에 죽은 것은 노인. 그다음은 또 누가 될지 모른다.

"먼저 갑니다!"

일행 중 가장 실력이 높다 할 수 있는 운현이 진기를 돋우어 달려 나가기 시작했다.

최고의 경공은 아니었으나, 그의 내공으로 말미암아 그 속도는 전광석화와 같았다.

뛴다. 이역수라를 향해서. 그다음은? 몸을 띄웠다.

빼어든 그의 검이 하늘을 향해 곧추선 채로, 이역수라를 향한다.

선공을 노린 것이다.

부딪치는가?

콰아아앙—

앞을 가리는 폭음. 단 한수였지만, 그 주변에 먼지를 피어 올리는 데는 충분했다.

문제는,

'……느낌이 없다.'

이역수라가 부딪치지 않았다는 것에 있었다.

맞설 줄 알았던 이역수라가 미리 공격을 알기라도 한 듯 피했다.

부딪쳤더라면, 먼지가 피어오르는 것이 아니라 이역수라의 피가 피어올랐을 거다.

그도 아니면, 그의 진기라도 소모시켰겠지!

애써 달려가 한 수를 날렸건만, 족제비처럼 잘도 피한 이역수라다.

닭 쫓던 개 꼴이 아닌가.

그 사이, 남궁미와 남궁무사들이 다가왔다. 미리 약속한 대로 행동하는 거다.

이역수라를 상대하기 위한 가장 효율적인 작전은 협공이었으니까.

그런데.

"여기다!"

"여기!"

기다리기라도 한 것인가.

화전민촌에 닫혀 있던 문, 여럿이 갑작스럽게 열리는 것이 아닌가.

그 안에서 튀어나오는 자들만 스물이 넘었다.

화전민인가? 아니. 무인이었다.

그들이 가진 무기, 기세, 툭 튀어나온 태양혈. 그 모든 것들이 그들이 무인임을 확실히 알려 주고 있었다.

"함정……."

이역수라를 함정에 빠트리겠다고 온 일행이 오히려 함정에 빠진 것이다.

최악 중에 최악으로 적과 맞닥뜨리게 된 일행이었다.

*　　*　　*

대치 상태는 생각 외로 길었다.

이역수라로서는 자신의 수하가 진을 갖추기까지 시간을 끌려는 듯 기를 잔뜩 끌어 올리고서는 일행의 앞을 막고 있었다.

이역수라의 기세로 보아 도주는 아무래도 힘들어 보일 듯했다.

"어렵게 됐군요."

말 그대로 어려운 상황이다. 생각지도 못한 적의 등장은 환영할 일이 아니었다.

"전에도 이랬는데 말이죠……."

"전에도요?"

"예. 아버지도 그래서 부상을 당하셨지요. 예나 지금이나…… 철저하네요."

저기 서역의 피를 타고 나기라도 한 듯 혼혈로 보이는 이역수라다.

겉으로 보기에는 침착해 보이기보다는 호쾌함만 가득해 보이는 얼굴인데, 철저함 하나만큼은 보통이 아닌 듯했다.

그러니 이렇게 준비를 했겠지.

그의 한 수는 곧 준비이리라. 무림에서 홀로 종횡을 하여 세력을 쌓을 만한 자기는 했다.

"어디서부터 알아챘을까요."

"모르겠네요. 예전부터 어떻게든 정보를 얻던 자였으니까요."

"후……."

어떻게 알았을지에 대한 궁금증이 있기는 하지만, 그야 나중에 풀면 될 것이다.

못 풀더라도 일단 중요한 것은 눈앞의 적들의 처리다.

모든 준비가 끝났다고 여긴 것일까. 일행을 견제만 하던 이역수라가 나섰다.

이미 이겼다고 생각이라도 하는 듯 그 기세가 더욱 강해 보였다.

"흥…… 어딘가 했더니, 검으로 보아 남궁가구나."

"……."

답을 할 필요가 있을까.

일행은 침묵으로 일관하지만, 그것으로도 이역수라에게는 답이 된 듯했다.

긴말이 뭐가 필요 할까.

"쳐라!"

"옙!"

일행을 함정에 빠트린 이역수라의 수하들이 달려들기 시

작한다.

*　　*　　*

“진을!”

“예!”

영훈을 포함한 남궁 무사 다섯이 운현과 남궁미를 둘러쌌다.

무슨 진을 형성하기로 이미 약조가 되어 있었던가.

영훈이 다른 말을 하지 않았음에도 바로 진을 형성한다.

오행진과 같은 하류의 진은 아니었다. 남궁가에서 자랑하는 남궁현환진의 변환인 듯했다.

둘러싼 것으로 보아 남궁미와 운현을 보호하고자 하는 뜻이 명백해 보였다.

‘……좋지 않은데.’

고마울 수도 있는 장면이지만, 운현으로서는 마음에 들지 않는 상황이다.

일행 중 최고수가 누구인가. 운현 자신이다.

최고수가 빠져서야 일이 제대로 진행될 리가 없었다.

남궁현환진 자체가 방어진이니, 방어에는 특출하겠지만 그래도 제 살 깎아먹기나 다름없다.

"남궁미 소저. 일단 저는 따로 움직이겠습니다. 이건 아닌 듯싶군요."

"앗! 잠시만요!"

적이 다가온다. 상의를 할 시간도 없었다. 우선은 자신이 앞으로 나서는 게 최선이라 생각한 그다. 최고수인 그가 나서는 것이 맞다 생각한 것이다.

타앗—

진의 바깥으로 몸을 날리는 운현이었다.

*　　*　　*

검과 검이 마주한다. 절기와 절기가 마주한다. 진과 진이 부딪친다.

깨부수려는 자와 막는 자가 하나 되어 부딪쳐 나아간다.

그 사이에 운현이 있었다. 검을 들어 적을 막고, 검을 들어 적을 벤다.

허나 진을 형성한 적은 하나의 유기체라도 된 듯 운현의 검을 용케도 피해 내고 있었다.

이역수라 측의 진은 패도적으로 상대를 압살하는 진이 아니라, 조금씩 상대를 갉아 나가는 차륜전인 듯했다.

운현으로서도 끊임없이 상대를 베어나가려 하고 있지만

성과가 없는 상태였다.

'진은?'

아주 잠시의 틈. 그 틈의 사이에 운현이 잠시 뒤를 바라본다.

남궁미가 있는 남궁가의 진이 제대로 버티고 있는가를 본 것이다.

'휴.'

다행히도 남궁가의 진도 만만치는 않은 듯했다. 조금 밀리는 감이 있기는 하나 패색이 짙지는 않았다.

어떻게든 버틸 수는 있는 듯했다.

끝없는 대치와 부딪침 사이에서 아슬아슬한 균형이었다.

'그럼 문제는…… 이역수라인가.'

무엇을 기다리는 것일까? 아니면, 자신이 따로 손을 쓸 필요는 없다 여긴 걸까.

아직까지도 나서지 않은 자가 바로 이역수라다.

저자가 나서게 되면 아무리 남궁가의 진이라고 하더라도 밀릴 수밖에 없을 터다.

일단 무사의 숫자에서부터 너무 차이가 났었으니 어쩔 수 없는 일이다.

저들의 작전은 뻔했다. 진으로 차륜전을 잔뜩 펼친 다음에 이역수라가 쐐기를 박으려 할 거다.

그도 아니면 암습이 들어올지도 몰랐다.

남궁미가 자세히 설명은 하지 않았지만, 그녀의 아버지 남궁현의 부상도 분명 그래서 났을 거다.

다만 예상이 빗나간 점이 있다면,

'치료를 할 때는 중병기로 뼈를 아작 낸 줄 알았더니…… 권법을 쓴단 말이지.'

오래전 남궁현의 부상은 중병기로 인한 것인 줄 예상했지만, 그게 아니었단 것 정도일까?

상대는 권법의 고수다.

"죽어랏!"

운현이 상황을 파악하고 실마리를 찾아가는 와중에도 적은 끊임없이 운현을 공격해 왔다.

남궁가의 진을 상대하는 와중에서도 운현 하나 정도를 상대하는 것이 가능한 듯했다.

그들의 입장에서는 적이 둘로 나뉘든, 하나로 나뉘든 상관이 없는 것이었을까?

"……웃."

운현이 어렵사리 상대의 도를 피한다.

검, 도, 부에 낭아까지. 사파의 무인들답게 가지각색의 무기를 들고는 운현을 노린다.

'연환진…….'

그러면서도 물이 흐르듯 연계된 공격을 해 오니 이런 공격을 받는 운현으로서는 지칠 지경.

어떻게든 진을 깨부숴야 하는 그였다.

그의 머리가 그 어느 때보다도 쉼 없이 돌아가기 시작했다.

갖은 무기들을 피하면서도, 살기 위해서 또한 적을 깨부수기 위해서다.

일반적으로 진의 공격을 깨는 방법은 둘.

'하나는 진의 틈.'

상대의 진을 이미 파악하고 있다면 진의 틈을 노려 진을 깨부술 수 있다.

가능한가? 안 된다.

아쉽게도 진이라고 해 봐야 제갈소화로부터 기본을 익힌 정도다. 아니 기본도 안 됐다.

몇 달 공부한 것으로 진의 기본을 알았다고 하기에는 진은 깊고도 깊은 세계다.

아무리 그라 해도 무리다.

그럼 남은 하나의 방법은?

스물이 넘는 자가 하나가 된 듯 움직이는 진을 깨부술 수 있는 방법이 있는가?

단 하나다.

일자무식이라 할 수 있는 무인도 할 수 있는 방법. 누구나 예상할 수 있지만 누구나 할 수는 없는 방법이 있다.

'……압도적인 힘.'

저들의 진에 일시간 강한 충격을 준다면!

그 후에 후속타만 날릴 수 있다면, 저들의 진을 깨는 것도 가능은 하다. 이론상은.

'그래 봐야 입으로 놀리는 것밖에 안 될지도 모르지…….'

문제는 그런 압도적인 힘을 어디서 얻을 수 있냐는 것. 과연 가능이나 하겠느냐는 것이 문제다.

'어쩐다?'

그가 할 수 있는 최선의 공격은 검기.

검기라 해도 빠른 속도로 하나를 벨 수는 있지만, 진 전체를 베는 것은 무리다.

그럼 그 이상이 나와야 했다. 검기의 이상은 검강. 그건 무리다.

이조차도 할 수 있는 방법이 아니었다. 검강은 아직까지도 그로서도 꿈에 그리는 경지였으니까.

'방법. 방법을 찾아야 하는데…….'

할 수 있는 수가 뭐가 있을까? 가능한 수는?

적이 진을 사용한 것에 당황스러운 와중에서도 자신이 할 수 있는 방법을 찾기 위해서 끊임없이 머리를 굴리는 운현이다.

그것을 틈으로 보았을까.

"읏."

그의 가슴 섶을 찌르고 들어오는 연검이 있었다. 팔에 길게 뱀 같은 흉터를 가진 자가 날린 검이었다.

이역수라의 수하 중에 하나인 사사연검(死蛇煙劍) 공의추라는 것까지는 모른 그였다.

진만 아니었더라면 신경 쓰지 않을 자이기도 했다. 일대일로는 질 이유가 없었으니까!

허나 지금은 그런 상태가 아니다.

사사연검의 검은 심장을 노리는 뱀이라도 된 듯 운현의 앞섶을 넘어 끝끝내 심장을 향하고 있었다.

"……큿."

애써 피하는 운현! 그의 보법이 최고로 펼쳐져 어렵사리 연검을 피해 반 보 물러난다.

"쯧."

피하기는 했으나 앞섶이 벌려지다 못해, 그의 가슴 어림에 한 줄기 혈선이 생긴 것까지는 어쩔 수가 없었다.

외공을 익힌 것이 없다면, 아예 벌어졌을지도 모를 한 수였다.

'미친…….'

혈선으로 피가 흐르는 느낌이 싸했다.

싸한 느낌에 다시금 찬물이라도 한번 끼얹어진 듯 정신이 번쩍 드는 운현이었다.

'어쩌지?'

어떻게 해야 한단 말인가. 첫 위기다.

第九章
의외의 돌파구

"흣."

다시 한 번 혈선이 그어진다. 애써 피하지만 피할 수도 없었다.

위를 제외하고는 사방이 적이니 천하의 운현이라 하더라도 답이 없었던 것이다.

'돌아가면 진부터 공부해야 하는 건가. 읏.'

피하고, 또 피하고. 처음에는 맞섰지만 효과가 없는 것을 알기에 피하는 것을 지속하는 그다.

답을 찾아야 했다.

문제는 진을 깨부술 답을 그로서는 당장 찾을 수 없다는 게 가장 큰 문제다.

어쩌면 어떻게든 얻게 된 목숨을 다시 헌납해야 할지도 모를 상황이다.

일다경? 아니 이다경에 다가가고 있을까.

꽤 오랜 시간 적들과 마주하여 검을 휘두르던 운현의 귀에 익숙한 음성의 전음이 들려왔다.

[왼쪽으로 반 보. 그 아래 하체에 한 수요! 바로 이어져서 위로!]

남궁미다. 다급하기만 한 그녀의 목소리다.

'무슨 소리? 아!'

무슨 의미인가 했다.

촌각 동안!

바로 몸이 반응했어야 함에도 늦었다.

"큿……."

덕분에 그의 몸에 다시금 혈선이 그려졌다. 생각지도 못한 상황에 들린 음성에 제대로 반응하지 못한 탓이다.

'설마…… 파진을 할 수 있는 건가…….'

남궁미가?

그녀가 할 수 있다면 가능성이 있을 수도 있었다. 이곳에서 빠져나갈 가능성이.

아니 파진만 할 수 있다면 적을 하나, 하나 깨부수는 것도 가능하리라.

같은 상황.

남궁미는 운현을 바라보면서 발을 동동 굴렀다.

그의 앞섶이 벌어진 지는 오래. 혈선이 그어진 것만 하더라도 벌써 몇 개다.

낭인이야 몸에 흉이 지는 것이야 훈장으로도 생각하지만, 명가에선 아니었다.

실력이 없어 흉이 생기는 것이라고 생각하는 경향이 있곤 했다.

그렇기에 그녀로서는 운현에게 한 줄기 혈선이 그어질 때마다 안타까울 수밖에 없었다.

'신의님…….'

다행이라면 치명적인 공격만큼은 용케 피해가고 있다는 걸 거다.

운현의 부상에 가슴이 떨리면서도, 그녀의 시선은 그와 그 주변으로부터 떨어질 줄을 몰랐다.

이 상황을 돌파할 돌파구가 있다면 그게 바로 자신인 것을 알아서다.

'왼쪽? 아니야. 하단? 그도 아니야.'

명문이 괜히 명문이던가.

오랜 세월 힘을 길러 왔고, 경험을 쌓아 왔기에 명문이라 하는 것이다.

오래되었다고 명문인 것이 아닌 것이다.

같은 이치가 여기서도 먹혔다.

이역수라와 마주한 게 이번이 처음이 아니지 않은가? 두 번째다.

아니 가상으로 마주한 것까지 생각하면 어쩌면 그 이상일지도 몰랐다.

남궁현이 당했던 그날. 그리고 그 이후.

남궁가는 잊지 않고, 이역수라에 대한 연구를 계속해 왔다.

다른 일이 있어 당장 이 일에 많은 무사들을 투입할 수는 없었지만, 그 이전에 그에 관한 연구는 끊임이 없었다.

그의 출신. 무공. 그리고 남궁현을 부상까지 입히던 진까지!

전부를 파악한 것은 아니나 가능한 것은 끊임이 없이 파고들었다.

쌓아 온 경험을 토대로 언제고, 이역수라와 맞붙는다면 깨부수기 위한 준비를 해 왔다.

그리고 그 핵심에 남궁미가 있었다.

아버지 남궁현을 불구로 만들 뻔했던 이역수라에 대한 복수를 위해 쉼 없이 연구를 하는 중심에 있었던 남궁미다.

애시당초 남궁가의 무사들이 남궁미를 진의 중심에 놓은 것만 봐도 알 만하지 않은가.

영훈을 중심으로 진을 구상하여 진에 버티는 동안, 남궁미는 진을 깨부술 분석을 해내는 것이 작전의 핵심이었다.

처음 작전이야 이역수라를 깨부수러 온 것이지만, 남궁가의 많은 연구들 중에는 진을 깨부수는 것도 분명 있었던 것이다.

문제는 그 작전을 알지 못하는 운현이 앞으로 나섰다는 게 문제다.

일행의 최고수로서 자신의 몫을 다하기 위해서 나선 그지만, 지금으로선 패착이나 다름없었다.

'조금만 믿어 줬으면 될 텐데…….'

남궁미로서는 미리 말해 주지 못한 것이 한일 정도였다.

그래도 아닌 중에 다행인 것은 있었다.

"읏…… 아가씨!"

"잠시만요. 잠시만……."

운현이 나서서 진이 반으로 나뉜 덕분에 남궁가의 무사들도 아슬아슬하게 버틸 수 있었다.

전보다 적은 더욱 많았고, 하나로 뭉쳐서 공격을 했더라면 버티기 힘들었을지도 몰랐다.

또한 반대로 이야기하면 반으로 나뉘었다 해도 막대한 힘을 가진 진을 상대로 운현이 버티고 있다는 소리였다.

'어서…….'

어서 적의 진을 파악해 내야 했다. 그리고 깨부숴야 했다. 가장 강한 운현을 중심으로.

그를 중심으로 진을 일시적으로 무너트린다면!

남궁가에서 바로 이연타를 먹임으로써 완전히 진을 파쇄하는 것도 가능할 것이다.

그녀의 눈이 끊임없이 적을 향해 움직이기 시작한다.

* * *

이번에는 잘 반응해야 했다.

처음에는 의미를 몰랐지만, 두 번마저 의미를 모를 정도로 눈치가 없지는 않은 운현이다.

심리적으로 돌파구가 있을 수 있다는 덕분일까. 운현의 기세가 조금이지만 변화했다.

암담했던 심정에서, 작은 희망이라도 생기니 자그마한 여유라도 생긴 것이다.

그의 모습이 마음에 들지 않았던 것일까.

가만히 상황을 지켜보던 이역수라가 갑작스레 끼어들기 시작했다.

"어딜!"

운현의 기세가 달라진 것으로 말미암아, 이대로라면 무슨 수든 쓸 수 있을 거라 여긴 듯했다.

'저쯤이야…….'

차륜전으로 운현의 진기를 완전히 소모시킨 후 덤벼들자는 첫 작전과는 다른 상황.

하지만 이역수라는 절정에 오른 지 오래인 자신의 경지를 믿기에 자신감이 있었다.

상대도 젊은 나이에 절정이지만, 경험에서는 자신이 몇 수는 위라 생각한 것이다.

"……헛."

이역수라의 손짓 한 번에 염화수 특유의 기가, 운현을 향해서 뭉쳐 쏘아져 나온다.

수기를 사용하는 정도가 아니라, 장풍으로 염화장을 날린 것이다.

천하의 이역수라라 해도 이 한 방을 위해서 크게 무리한 것이 분명했다.

"읏……."

애써 피했으나, 자리가 너무 부족했을까. 이역수라의 장풍이 운현을 스쳐 지나간다.

"……!"

그 상황을 보고 놀란 남궁미의 눈이 크게 치켜떠진다.

염화장이 괜히 장풍인가.

권법의 고수들이 일정 경지 이상부터 대우를 받는 것이 바로 이 장풍 덕분이지 않은가.

수기를 형성하는 것이 힘들어 그렇지, 일단 장풍을 날릴 수 있게 되면 거리의 제한에서 잠시 벗어날 수 있게 된다.

허나 장풍을 날릴 수 있는 무공 자체가 그리 많지는 않으니 염화장 자체가 어중간한 무공은 아니라는 뜻이었다.

"……흐."

거리의 문제가 사라지는 게 첫 번째 장점이라면, 두 번째는 바로 이종진기가 몸에 침투해 온다는 거다.

염화수의 진기 또한 운현의 몸에 침투했다. 스쳤지만, 용케도 일부 들어온 것이다.

이대로라면 염화장에 맞은 운현의 몸에는 염화장의 증거로 사화(死華)가 새겨질 것이다.

그것을 즐기려는 건지, 이역수라가 숨을 고르며 운현의 상태를 지켜본다.

'잘해야 삼초나 쓰겠지.'

아무리 대단한 고수라도 내가진기의 침투에는 어쩔 수가 없다.

장풍을 쓰느라 자신도 무리를 하기는 했지만, 그 한 수로 절정을 잡을 수 있다면야 이득이다.

저 젊은 절정만 쓰러지게 된다면, 남은 것은 남궁가의 무사들인 터.

그 중심에 있는 남궁미의 미모를 보며 혀로 입술을 축이는 이역수라였다. 눈에 색심이 깃들고 있는 것이다.

이역수라야 무슨 생각을 하든, 운현은 운현대로 신기한 상황에 미처 반응을 하지 못하고 있었다.

'……이종진기가 침투해 오면 죽음.'

진기와 진기의 다툼이란 게 그렇다.

누가 상대먼저 상대에게 자신의 진기로 타격을 주느냐에 따라 승패가 갈리는 게 무림인이다.

그렇기에 고수끼리의 싸움에서 단 한수로 승패가 갈리곤 하는 것이 아닌가.

운현도 이역수라의 염화장을 맞았기에, 당장 죽음이 찾아올지도 모른다 여겼다.

그런데,

'저항한다.'

무슨 일인지 평소 옹골지게 굳어 있던 선천진기가 움직이기 시작했다.

절정임에도 선천진기 특유의 성질로 마음껏 다루기만은 힘든 선천진기가 크게 용솟음치며 움직이지 않는가.

당장에 운현으로서는 자신에게 걸려 있던 어떤 제약이 풀어지는 느낌이었다.

'……대체 무슨 효용인 건지.'

알면 알수록 신기하기만 한 선천진기다. 하지만, 당장에는 그게 중요한 게 아니었다.

이 상황이 얼마나 지속될지를 몰랐다. 천운이라면 천운인 상황이다.

염화장의 진기에 저항하는 동안, 아주 잠시지만 자신의 선천진기가 활성화 된 것을 제대로 이용해야 했다.

그때!

[뒤로 반 보, 다시 오른쪽으로 반 보를 움직인 후에 바로 뒤를 노리세요! 상단입니다!]

적재적소로 남궁미의 목소리가 들려왔다.

복잡한 움직임이었지만, 놀란 와중에도 그녀의 목소리를 기다리고 있던 운현의 몸이 바로 쏘아지기 시작했다.

뒤로 반 보.

"……!"

갑작스럽게 자신에게 다가오는 것에 놀랐는지 도객의 눈이 크게 뜨여진다.

자신의 도가 운현을 향해 있는데도 다가온 것에 예상치도 못한 듯했다.

"죽어라!"

그럼에도 용케 기회라 여긴 것인지 도객의 도가 운형을 향해서 쏘아져 온다. 일도양단의 기세다.

운현은 상대의 기세에도 놀라지 않은 채로, 바로 다음으로 움직였다.

'바로 다음으로 오른쪽 반 보.'

도객의 도가 허무하게 허공을 가른다.

도객의 입장에서는 '이게 아닌데…….' 라는 생각이 절로 나는 상황이다.

상대에게 전혀 타격을 못 줬다.

그래도 오른쪽에 겸을 쓰는 자는 속도 위주의 무공을 익힌 자답게 생각 이상으로 반응이 빨랐다.

스아아악—

바로 운현을 베어 버리려는 듯 그의 겸 날은 날카롭게 운현을 노리고 있었다.

사마귀가 먹이를 찢어발기려는 모습과 전혀 다르지 않은 모습이다.

그때!

운현이 자신의 긴 장포를 크게 휘날리며 몸을 회전하기 시작한다. 바로 뒤를 노리고서!

마치 겸을 사용하는 자의 초식을 이미 모두 읽었다는 듯 그의 움직임은 표홀하기 그지없었다.

그리고 마지막!

'상단세.'

진기를 아끼기 위해서 사라졌던 검기가 그의 손에서 다시 피어난다.

상대도 지지 않겠다는 듯 검을 마주한다.

홀로 절정을 상대하지는 못해도 진의 힘으로 운현을 막아낼 자신이 있었던 것이다.

하지만,

"……크엇."

처음으로 운현의 검기를 이겨 내지 못하고 무사 하나가 뒤로 넘어가기 시작한다.

운현의 검기에 그대로 몸이 베인 듯, 목덜미에서부터 얼굴에까지 이어지는 긴 혈선이 피어나 있었다.

"막아라!"

뭔가 잘못 돌아간다고 여긴 걸까.

염화장을 먹임으로써 크게 한 방을 먹였다고 생각했던 이역수라가 다급히 소리친다.

진의 이상을 가장 먼저 파악한 것이다.

하지만 다른 이도 이미 진의 이상을 파악한 쪽이 있었으니.

"영훈! 지금! 왼쪽으로!"

"옛!"

남궁미와 남궁무사들이다.

그녀는 운현이 만든 진의 흔들림을 사용할 줄을 알았다.

연쇄반응으로 상대의 진을 깨부술 줄을 알았다.

바로 지금을 위해서 남궁가에서 이역수라의 진을 파고들었던 그녀였으니까!

하늘의 기를 머금는다는 남궁가의 검이 이역수라의 수족을 향해 다가든다.

막는가?

"크아아앗……."

아니! 그럴 수 있을 리가 없었다!

초식을 사용한 뒤의 빈틈이 가장 크듯, 진이 깨어지고 난 다음의 틈은 생각 이상으로 컸다.

진을 통해 서로의 기와 기를 일정 이상 연동했던 탓에 진이 깨어지며 틈이 생긴 것이다.

치명적인 상처다. 그때부터였다!

'창천일로…….'

남궁가의 무사들이 하늘에 길을 새기듯, 땅에 그들만의 길을 만들어 가기 시작했다.

검을 들어 베고, 또 벤다. 진이 깨지고 정신을 차리지 못하는 지금이 기회였다.

감히 앞길을 막는 자는 모두 벨 기세였다. 아니 실제로 베어 들어갔다.

"크읍…… 내 파아아알!"

혈화, 피의 꽃이 수놓으며 남궁가의 무사들이 향하는 쪽은 어느샌가 이역수라를 상대하고 있는 운현에게로였다.

*　　*　　*

"네, 네놈! 네놈이 망쳤어!"

진이 깨졌다.

지금껏 자신의 목숨을 구해 주고, 자신의 적을 모두 고꾸라트릴 수 있게 해 주던 진을 저놈이 깨부쉈다!

이역수라는 분명 그리 생각했다. 남궁미가 지시를 내렸을 거라고는 꿈에도 생각지 못한 듯했다.

하기야 사실이 무슨 상관이랴.

그로서는 지금 상황에 분풀이를 할 만한 상대가 있으면 될 뿐이었다.

바로 운현!

'저놈…… 저놈만 물리치면! 나머지는 어떻게든 해결할 수

도 있다!'

비록 진이 깨어져 자신의 무사들이 쓰러지기는 하지만, 그거야 일시적인 것일 뿐이다.

운현만 어찌 처리하면 남은 무사야 자신이 상대할 수도 있었다.

정 안 되면 도주를 했다, 문파원들이라도 데리고 오면 될 일이다.

신용이 좀 떨어지기는 하겠지만, 그것으로도 충분했다.

"죽어라아!"

염화수의 꽃이 그의 손으로부터 다시 피어나기 시작한다.

붉지만, 동시에 붉지 않은 긴 아지랑이가 피어나오는 수기를 잔뜩 머금은 채로 운현을 노리고 들어온다.

운현이라고 해서 상대를 읽지 못한 것이 아니다.

기세를 크게 돋우는데 읽어 내지도 못할 실력이었다면, 이미 죽은 지 오래였을 거다.

'염화수의 무기는 진기의 투입과 발출. 그리고 마지막이…….'

때로 압도적으로 응집되어 나오는 염화기!

남궁현이 입은 상처가 중병기에 당한 상처라고 생각할 정도로 염화기의 응집력은 보통이 아니었다.

염화라는 꽃 속에, 거대한 철퇴를 담은 기가 숨겨져 있는 것이다.

'몰랐다면 몰랐겠지.'

하지만 이미 알았다. 남궁현을 치료하면서 본 상처를 아직까지도 생생히 기억하고 있을 정도다.

초식을 파악하고 있으면, 상대의 반을 이기고 들어간 셈!

운현의 육체 모든 곳에 염화를 새기려는 듯 달려드는 이역수라를 상대로 운현이 검을 바로잡았다.

진이 깨져 반쯤 정신이 나간 무사들이야 지금 신경 쓸 때가 아니었다.

지금은 염화를 피어 올리고 덤벼드는 이역수라가 하나 남은 상대였다.

'와라…….'

와라. 와라. 와라.

오직 이역수라만을 바라보는 운현이다. 기를 응집시켜 염화를 피어 올리려는 그.

그를 깨부수면 되었다. 처음의 목표처럼.

그렇기에 오직 그만을 바라본다.

가장 먼저, 그의 주변으로 배경이 지워진다. 암흑이다.

그들의 옆에 있던 무사들이 지워진다. 집중이다.

오직 하나 남는 것이 있다면 이역수라.

그를 향해서, 끌어 올릴 수 있는 모든 기를 끌어 올린다.

염화기가 침투하였던 것이 선천진기로서도 괘씸했을까.

선천진기가 그를 따른다. 그의 의지가 되었다.

삼 보. 이 보. 일 보!

마주한다! 권과 검이! 이역수라와 자신이!

지금에 추가할 것이라고는 한 가지. 일념(一念).

'벤다.'

이역수라를 베겠다!

그의 검이 이역수라를 노리고 베어져 들어간다. 어느샌가 생겨버린 접점을 이 한 수로 끊어 버릴 것이다.

"……!"

폭음도, 귀를 멎게 하는 기의 폭발도 없었다. 다만 염화기가 담긴 오른팔을 그대로 아작 냈을 뿐이다.

고통으로 얼룩진 이역수라의 눈이 크게 뜨여진다.

이방인처럼 생긴 그이기에 더욱 큰 두 눈이 괴상해 보일 정도로 크게 뜨였다.

그와 발맞추듯 눈에 시뻘건 핏줄들이 곤두서기 시작한다.

잔 핏줄부터 터지고 있었다.

"……큿."

신음은 바로 그 뒤부터였다. 큰 충격이라도 받은 듯 이역수라의 눈은 어느새 시뻘겋다 못해 피눈물이 흐른 듯했다.

"……무, 무슨."

단 한수에 자신이 무너질 수도 있다고는 생각도 못 한 걸까.

제대로 된 부딪침 한 번에 무너질 수 있다는 사실을 부정하고 싶었던 것일까.

상황을 이해하기 싫은 듯 이역수라의 눈에는 혼란이 가득했다.

언제나 자신의 적을 고꾸라트리던, 아니 뭉개버리다 못해 폭발시키던 자신의 염화수가 제대로 먹혀들지가 않았다!

'이…… 이…… 내가…….'

단 일 수에 고하가 나뉘는 것이 무림인의 싸움이라지만, 이건 너무하지 않은가.

그런 그를 향해서 운현이 검을 다시 치켜세운다.

"……쓰레기."

자비? 그딴 것이 있을 리가.

무슨 목적에서인지 몰라도, 사람이 사람을 가두고 쉬이 죽이는 자는 쓰레기다.

샤악—

"……큿."

가볍게만 휘둘러진 운현의 검이 이역수라의 나머지 팔을 잘라낸다.

한 수지만, 검기를 머금은 그의 검이 팔을 베는 데는 한 점 부족함이 없었다.

이제 이역수라는 염화수를 사용할 수 없다. 무기를 잃었다.

"차라리 죽여!"

패자지만 처참했다. 그럼에도 운현의 검은 멈출 줄을 몰랐다.

"……."

바로 다음으로 다리를 베어낸다. 도망치지 못하게 하기 위해서다.

인간적이지 못한 짓이란 걸 안다. 하지만, 그로부터는 알아야 할 것이 많았다.

오래 머무를 수는 없지만 빨리 얻고자 한다면, 이게 나았다.

이역수라 같은 고수는 틈만 줘도 어떻게든 도망칠 수단을 강구할 거다.

시의가 적절했달까.

"문주님!"

그제야 운현의 뒤로 가려져 이역수라의 상태를 제대로 보지 못하던 수하들 중 하나가 외친다.

이역수라가 무너져내린 것에 대한 충격으로 외친 것이리라. 그나마, 이역수라에게 하나 남은 충신이었을까.

'모르지…… 빌붙어서 사는 기생충이었을지도.'

어느 쪽이든 상관없었다. 이역수라가 불구가 된 것을 보자마자 상대는 더욱 흔들리기 시작했다.

지금 이 순간 진이 깨어진 게 중요한 게 아니었다.

자신들을 이끌던 자, 힘으로 자신들을 묶어놓았던 이역수라가 무너진 것이 컸다.

사파인이 괜히 사파인이 아니듯, 때로 높은 자가 무너지게 되면 사파인들은.

"도망쳐!"

"차라리 문파로 가자!"

의리로 구할 생각보다는, 자기 살길을 도모하는 성향이 강했다.

바로 지금처럼.

사파인으로서는 당연한 선택이, 정파인들이 가장 경멸하는 모습이다.

남궁미의 눈이 깊게 가라앉았다.

"……처리하세요."

"예."

도망치려는 그들의 뒤로, 영훈과 남궁무사가 숨을 앗아가는 사신이 되어 다가가기 시작했다.

第十章
비틀린 자

"모두 사살했습니다."

"잘했어요."

영훈은 자신의 임무를 확실히 했다. 임무 완수다.

이 순간만을 기다려 왔던 듯 그의 얼굴에는 한결 홀가분해 보이는 표정이 엿보일 정도였다.

하기야 오래전 남궁현과 파견을 나왔던 게 그의 첫 파견이었다.

처음이기에 가슴이 두근거렸고, 임무를 수행하고자 하는 의욕이 고취된 상태였다.

하지만 결과는 남궁현은 부상, 같이 나왔던 남궁미도 위기에 처할 뻔했을 정도였다.

그 뒤로 이어진 임무를 모두 완수했음에도, 첫 임무의 실패는 씻을 수 없는 상처로 남아 그를 계속 괴롭혔다.

과거는 바꿀 수 없으니까.

그것을 완수했으니 그가 시원한 표정을 짓는 것도 이해는 할 만했다.

"어찌 되셨습니까?"

"보다시피요."

"역시……."

남궁현과 남궁가 무사들이 잔당을 처리하고 오는 동안 운현과 남궁미라 해서 자리만 지키고 있던건 아니다.

이역수라.

일의 주역이라 할 수 있으며, 숨겨져 있는 것이 많은 자기에 그를 상대하고 있던 둘이다.

잘해야 반나절. 아니 반나절도 안 되는 짧은 시간만이 허락된 일행이다.

그 이상 시간을 끌면 이역수라가 오지 않음을 알고 문파원들이 찾아 나설지도 모를 일이다.

둘 모두 고문법이라고는 전혀 모르니, 말로 물었지만 역시 효과는 없었다.

지혈이 되었다지만 잘린 팔다리로 고통스러울 텐데도, 이역수라는 용케 둘을 째려보고 있었다.

"제가 나서보지요. 분근착골 정도는 배워뒀습니다."

분근착골 정도라니. 말이 쉽지 분근착골은 기혈을 어지럽혀 뼈라 뒤틀리게 만드는 방법이다.

그런 것을 행한다고 하면서도 표정 하나 변하지 않는 영훈이었다.

"으읏……."

영훈의 손이 몇 번 스쳐 지나가고, 그가 마지막으로 마혈까지 점하고 나자 이역수라가 몸을 이리저리 뒤튼다.

잠시 가라앉았던 눈이 더욱 시뻘개짐은 물론이고 온몸이 부들부들 떨리기 시작한다.

반 각이나 했을까. 이역수라에게는 반 시진이 될지도 모를 시간이 지나갔다.

"……그만."

숨이 넘어가겠다 싶어, 남궁미가 그만하라 명하자 영훈은 기다렸다는 듯 빠르게 혈을 찍었다.

"크으……."

"……화전민을 데려다 무얼 했는지부터 말하지?"

운현의 물음이다. 약자를 괴롭힌 그에 대한 분노가 커선지 그답지 않은 말투였다.

"차라리 죽여라. 이 정도면 충분하지 않느냐?"

"충분? 뭐가 충분하지?"

"흣…… 팔다리가 사라졌다. 무공도 잃었다. 큿…… 그 정도면 되잖으냐? 어차피 죽을 몸이다. 차라리 곱게 목을 베라."

"……죽기 전에 말만 한다면."

"개소리! 퉤!"

어디서 그런 힘이 난 걸까. 용케도 운현을 향해 침을 내뱉는 이역수라다.

"수없이 많은 놈을 밟고 온 몸이다. 크으…… 이깟 고문에 뭘 불라고. 핫. 왜? 나를 고문하면 죽은 사람이 살아나기라도 한다더냐."

"……하."

정파인이었다면. 그가 하는 일이 옳았더라면 그는 분명 열사며, 의사(義士)다.

하지만 비틀렸다.

옳은 방향으로 가지 못했다. 사람 자체가 결함이 있었다. 인격이 인간답지 못했다.

"정보를 주면 조용히 보내 준다고 했잖나."

"큿…… 정보는 무슨…… 흐흣. 얻을 것도 없다. 나도 모르니까. 그러니 죽여라!"

고통으로 얼룩져 잔뜩 인상을 찡그리면서도, 이역수라는

기세를 죽일 줄을 몰랐다.

시뻘개진 눈으로 운현을 정면으로 바라볼 뿐이었다.

"하……."

미친 자나 다름없었다. 관에 있다는 고문 기술자라도 데려온다면 또 모르겠지만, 이 중에서는 재주가 없었다.

아니, 분근착골을 견뎌냈다는 것만으로도 어지간한 고문도 이겨 낼지도 모를 자다.

그때다. 이미 어둑어둑해진 화전민촌의 저 멀리서 생각지도 못한 빛이 보이고 있었다.

'횃불? 대체 왜?'

설마 벌써부터 이역수라의 문파원들이 움직이기라도 한 것인가.

연유는 모르겠지만 기세가 심상치 않았다. 이역수라가 소리라도 치기 전에 어서 벗어나야 했다.

"……어쩔 수 없나 보군요."

"영훈."

"예."

콰즉—

피가 또렷이 묻어서, 굳어가던 영훈의 검이 다시금 피를 머금었다.

목의 주인은, 이역수라였다.

* * *

"너무 빠르네요."

"누굴까요."

"그게 문제겠죠."

추격이 있을 거라 예상했다. 그러니 이역수라의 입을 벌릴 시간도 부족하다 여긴 거다.

하지만 이 정도는 아니었다. 너무 빨랐다.

이역수라가 출발하고 얼마 되지 않아 출발해야 여기에 도달했을 거다.

이역수라가 지시를 한 걸까? 그런 생각이 스쳐 지나가기는 했지만.

'확률이 낮다.'

운현의 생각대로 확률이 너무 낮았다.

문파원들을 이끌고 올 것이었다면 처음부터 이끌고 와야 했다.

아니면 미리 이끌고 와서 오늘의 암습처럼 숨겨 놓거나. 그게 맞는 순서다.

그런데 전투가 끝나고 나서야 왔다.

전투 시작도 아니고, 중간도 아니고 끝이 나고 이역수라를 고문할 때야 왔다는 게 중요했다.

어중간한 시간에 왔다. 이게 중요한 점이다. 시간이 몇 가지를 알려줬다.

이역수라가 의도해서 문파원이 온 게 아니라는 것이 첫째.

이역수라가 아님에도 문파원을 움직일 수 있을 만큼의 누군가가 왔다는 것이 둘째다.

문파의 주인인 이역수라가 없는데도, 문파원을 움직일 수 있는 자가 누굴까?

호법? 장로? 여기에 다 있다. 정예무사들로 보이는 자들도 이미 여기에서 숨을 거뒀다.

진이 깨지는 상황과 이역수라가 적절한 시기에 패배한 것이 아니었더라면 남궁가 무사들도 힘들었을 만큼 강한 자였다.

실제로 남궁 무사들 중 하나는 중간에 숨을 거두었을 정도였다. 눈먼 검에 맞은 거다.

"일단은…… 일단은 가보죠."

그들이 미리 마련해 놓은 객잔.

처음 마련해 놓은 객잔보다 훨씬 외곽지에 있는 객잔에 가면 될 일이다.

짐을 제외하고도 그들이 위장을 하기 위한 도구들도 그곳에 있었다.

일을 벌여, 이역수라를 죽이고 조용히 빠져나가겠다는 작전은 이미 흐트러진 지 오래다.

작전과 동떨어지게 움직이게 됐지만 지금은 이게 최선이다.

익숙해진 지형을 타고 내려가, 객잔으로 가려는 찰나 운현은 손짓을 해서 일행을 멈추어 세웠다.

'……누가 있다.'

자연스럽지가 않았다.

객잔과 주점을 겸하는 곳치고는 너무 조용했다.

하루밖에 머물지 않은 객잔이었지만, 그렇다 해도 손님이 하나도 없는 건 자연스럽지 못했다.

일행도 그걸 느꼈는지, 조용히 숨을 죽였다.

'……기습이라도 노리는 건가.'

문파원들을 제외하고도 동원할 수 있는 다른 전력이 있었던 걸까.

정보가 너무 부족했다. 사파의 영역인 이곳에서 얻을 정보는 항상 한정적이었다.

'어쩐다…….'

돈은 있다. 전표 따위야 평상시에 미리 준비해서 다닌 지 오래다.

문제라면 위장을 할 도구가 부족하단 걸까.

미리 챙겨왔어야 함에도, 혹여나 이역수라 뒤를 밟는 데 방해가 될까 두고 온 게 패착이다.

'……경험 부족이 제대로 발현되는군…….'

무림에서 새로 하는 경험을 할 때마다, 무언가 하나둘씩 빼먹은 것들을 찾는 운현이다.

당장에야 그런 건 아무래도 좋았다. 다음번에야 잘할 때 하더라도, 일단 이곳을 빠져나가야 했다.

비록 사파의 영역이지만, 여우가 잔꾀를 부리듯 최소한의 수는 마련해 놓은 운현이다.

'……어쩔 수 없나.'

등산에 있을 그녀에게 피해가 갈까 하여 주저했을 뿐이다. 그래도 상황이 이러니 어쩔 수 없다.

"회창(會昌)으로 가지요. 지리는 알겠죠?"

"제가 알고 있습니다만은…… 그곳에 가면 되려 돌아가는 것이 될 겁니다."

"압니다. 하지만 때로 돌아가는 게 나을지도 모르죠. 수단이 있습니다. 아니 있을 겁니다."

영훈이 잠시 운현을 바라본다.

신의이기 이전에 어린 시절의 운현을 본 덕분인지, 영훈은 운현을 믿고 신봉하기만 하는 편은 아니었다.

고마움은 있더라도, 일은 일이고 감정은 감정이랄까.

솔직히 임무만을 놓고 보자면, 여전에 여인을 구한 것이라든가 여러 가지로 부족한 면을 보이기도 했지 않은가.

영훈의 시선이 나쁜 것만은 아니었다. 그 나름 근거가 있었다.

그럼에도 결국 인정을 할 수밖에 없었다. 여기서 달리 방법이 없었다.

"……안내를 하지요."

모두 무사히 빠져나가기 위해서는 당장은 운현밖에 믿을 자가 없었다.

"예. 바로 출발하지요. 부탁드리겠습니다."

"……알겠습니다."

이역수라를 처리하고, 동료 하나를 묻었다. 남은 무사들도 진기 소모가 막심한 터.

그럼에도 일행은 현을 떠나 회창으로 몸을 날릴 수밖에 없었다.

*　　*　　*

여인을 고문하고, 누군가에게 이야기를 올리겠다던 그가 이역수라를 발밑에 두고 있었다.

이미 밤이 어두워져 횃불에만 의지를 하고 있는 상황에도,

그의 눈만은 밝게 빛나고 있었다.

고문을 했던 그때의 상황만 아니었더라면, 호쾌한 무림인이니 했을 거다.

“놓쳤군. 하핫. 완전히 헛걸음을 했지 않은가.”

향성문 문주 탁운. 별다른 별호가 없지만, 아버지 대부터 이어오던 문을 용케도 이어받은 자가 바로 그였다.

“이거, 재빠르군. 생각외야. 그나저나 남궁가라…… 전의 일로 온 건가.”

발밑의 이역수라와 시체들로부터 용케 남은 흔적을 읽어 들인 탁운이다.

“그럴지도 모릅니다. 그들은 사천당가만큼이나 복수를 잊지 않는 편이지 않습니까.”

“복수라…… 쯧. 복수도 좋기는 한데 방법이 너무 우습군. 이런 식이라니…… 차라리 암살을 하지. 그래도 죽이는 건 잘 죽였군.”

운현의 처음 작전이 이역수라를 암살하는 것이었다고는 생각지 못하는 그였다.

하기야 암습이라는 건 정파인들로서는 꽤나 꺼려하는 방법이었다.

널려 있는 시체와 이역수라의 상태로 보아 정면대결이었다고 생각을 하는 듯했다.

"흐음…… 그나저나 남궁가라. 그렇다면 신의라는 자가 정말 있을지도 모르겠군?"

"흐흐. 그렇습지요. 덕분에 이게 좀 짭짤할지도 모르겠습니다."

손으로 원을 그리는 탁운의 수하다. 돈이라는 소리다.

"그렇겠지. 련에 바로 보고를 안 하는 게 차라리 나았어. 련에 보고를 했다면 생포를 하라고 했을지도 모르니까."

"예. 아무렴요. 지원을 요청합니까?"

"이미 했어. 감이 왔었단 말이지. 감이."

"흣. 역시 문주님의 감이 대단하기는 합니다!"

확실히 탁운의 감은 강하긴 했다.

정사대전에서 뒹군 것도 아닌데 그는 묘한 감으로 앞일을 읽을 줄을 알았다. 신기한 노릇이다.

"그래도 같이 추격하는 게 좋겠지. 직접 잡아야 두둑하지 않겠는가."

"한동안 땀 좀 흘리겠군요."

"겸사겸사 복수도 해 주는 거지. 자아, 가자고."

"옛!"

향성문. 악연으로 이어져 버린 그들이 운현을 추격하기 시작했다.

수하들의 복수보다는, 돈 그리고 그 이상의 무언가를 추

구하는 그들이 운현을 추격하기 시작한 것이다.

꽤 빠른 움직임이었으며, 전혀 예상하기 힘든 움직임이기도 했다.

그런 그들이 떠나고 반각 뒤. 전에 없던 자가 모습을 드러낸다.

그는 보부상의 행색을 한 자였다. 어디선가 본 듯한 체형. 전에 장인 한춘석을 노리도록 사주한 자와 묘하게 비슷한 분위기를 지니고 있었다.

그가 이역수라의 시체를 보면서 혀를 찬다.

목이 잘려 그대로 혀를 내뺀 모습에 동정심이라도 들 법하건만, 사람이 아닌 물건을 보는 듯 일말의 동정심조차 보이지 않았다.

"쯧…… 좋은 패가 하나 사라졌군."

단지 쓸 만한 물건이 사라진 것에 대한 아쉬움 정도가 엿보일 뿐이었다.

'다음 패를 준비하기는 해야겠군. 향성문도 적당하기는 한데…….'

과연 보부상은 어디서 어디까지 관련이 있는 자일까. 호북의 그들과도 관련이 있을까?

모를 말을 남기고서는 몸을 날려 다시금 사라지는 그였다.

*　*　*

“없나? 제길 여기가 아니란 말인가…….”

“준비해 놓은 것도 전부 실패랍니다.”

“눈치는 빠르군…….”

탁운의 인상이 찡그려졌다. 상황이 마음에 들지 않는다는 표정이다.

추적을 한다고 했는데, 성과라고는 하나도 없으니 그도 그럴 만하긴 했다.

“다시 처음부터 짚고 가 보지. 어떻게든 우리가 먼저 찾아야 하지 않겠나?”

“옛. 애들을 좀 더 풀겠습니다.”

“그래. 그래야지. 어지간하면 칼밥 먹은 애들도 데리고 와. 이럴 땐 쪽수가 많은 게 더 나으니까.”

칼밥 먹은 자들. 낭인을 말함이다.

사파인들도 낭인을 별로 좋아하지 않지만 이럴 때면 유용한 게 또 낭인이었다.

추적을 전문으로 하는 낭인들도 있을 정도였으니 그들 이상의 능력을 보일지도 몰랐다.

“알겠습니다!”

탁운의 향성문 문도들이 몸을 날래게 움직인다.

그런 탁운에게 이역수라가 죽어, 어찌할지를 모르는 남은 이원문의 문파원 중 하나가 물어 온다.

그를 따르는 건 아니지만, 분위기에 휩쓸리다 보니 어느새 따라다니고 있던 자 중 하나였다.

"저희는…… 어찌합니까."

"내가 네놈들을 왜 신경을……! 가만?"

탁운이 그들을 보면서 눈을 밝힌다.

이역수라가 정예라 할 수 있는 자들은 전부 끌고 가 죽게 했으니, 이들은 하수다.

정예도 못 되고, 아마 이대로 문파가 망하기라도 한다면 다른 이들에게 흡수되거나 죽어 나자빠질 거다.

그게 사파의 생리다.

'그래도 두 손 두 발은 다 가지고 있지. 그게 어디야.'

실력도, 그렇다고 패기도 없는 어수룩해 보이는 잔졸들을 보면서 탁운의 머리가 빠르게 돌아간다.

그사이 본래 길을 답습하고 돌아가야 했을 일행은 재빨리 걸음을 놀리고 있었다.

'멀긴 하군…….'

본래라면 왔던 길을 답습했을 거다. 신풍현을 지나서 북으로 향했을 것이다.

지금은 정 반대다.

북으로 가는 건 같지만 신풍현이 북서 방향이라면, 회창은 북동쪽이다.

사파의 영역인 복건에 더욱 가까워지는 상황이라 할 수 있었다.

그 때문인지, 분위기가 다시 전처럼 돌아왔다.

활발하고, 적당히 불법적인 그런 기운이다. 지역 특색이라지만 참으로 특이한 기운이긴 했다.

그래도 일행에게 도움은 됐다.

고요한 가운데 몸을 숨기는 것보다는, 소란 가운데 몸을 숨기는 것이 훨씬 쉬웠다.

"……여기로군요."

씁쓸한 표정을 짓고 있는 운현은 용케도 미리 익혀 놓았던 표식을 찾을 수 있었다.

'연화 소저에게 또 빚이 쌓였군.'

그가 찾은 것은 하오문의 표식이었다.

많은 이들은 모르는 표식이지만 하연화가 알려줬기에 알 수 있는 표식이었다.

도움을 되도록 받지 않으려 했지만 어쩔 수가 없었다.

사파의 영역에서 종횡무진할 만큼 운현이 강하지 않을뿐

더러, 일행도 지쳤다.

'되도록 중립을 지키게 해야 하는데…… 제길.'

현실이 좋지 못했다.

이번 일로 중립은커녕 그녀에게 피해를 줄지도 모른다는 생각을 할 수밖에 없다. 그만큼 선을 넘는 일이었다.

그렇기에 그의 표정이 씁쓸했다.

일행도 그런 그의 기색 정도는 파악할 수 있었던 건지, 궁금한 상황에서도 별달리 말을 안 했다. 물어보는 것이 곧 실례가 될 수 있는 것이라 여긴 듯했다.

"일단은 잠시 따로 움직여야 할 듯합니다."

관제묘 안의 표식. 그 표식을 따라가면 목적지가 나온다. 하오문이 있을 곳이다.

하연화의 배려로 표식을 따라가기만 하면 될 일이지만, 일행까지 데리고 갈 수는 없었다. 아주 최소한의 방비지만 해야 했다.

"……방안은 마련된 겁니까?"

"가능은 할 거 같습니다. 하지만 한 가지 약조해 주셨으면 합니다."

"뭐지요? 가능하면 지킬 것입니다."

남궁미가 영훈을 대신해 답했다. 그라면 일단은 믿을 만했다. 일단은.

"이번에 사용한 방안은 비밀에 부쳐 주시지요. 꼭입니다. 그렇지 않으면 의뢰를 받아주지 않을지도 모르니까요."

의뢰로 얼버무리지만, 일행 중에 상황을 모를 만한 자는 없었다.

다들 눈치가 있었다.

운현이 하오문에 있는 인연에 기대 강소성 탈출을 꾀하고 있다는 상황을 읽었다는 소리다.

정확한 상황은 못 읽을지 몰라도 추측을 할 수 있었다.

"그렇게 하도록 하겠습니다."

"……부탁드리지요."

과연 이 말로 완전히 비밀이 지켜질 수 있을까. 알지 못할 일이다. 실제 확률은 낮았다.

하지만 최선을 다해 움직일 수밖에는 없지 않은가.

'혹여나 연화 소저에게 피해가 간다면…….'

그때는 하오문을 위해서 몸을 움직여야 할지도 몰랐다. 인연이 얽힌 곳인 데다, 자신에게서 비롯한 일이니 피할 수는 없는 일이다.

"그럼……."

운현이 표식을 따라 관제묘를 지나, 안으로 더 안으로 들어간다.

지금은 하오문이 꽈리를 틀곤 하는 기방이 목적이 아니었다. 그런 곳이었다면 하연화가 알려 주지 않아도 알았을 거다.

지금 찾아가는 곳은 그런 곳과는 무관한, 하오문과 인연이 깊게 닿은 자만이 알 수 있는 곳이다.

하오문의 몇 안 되는 그들만의 비밀이자 보루들 중 하나인 것이다.

표식을 따라 허름한 건물이 보인다.

안으로 들어서니 하오문과는 전혀 어울리지 않는 서생 차림의 사내가 그를 맞이한다.

"……오실 줄 알았습니다."

"이미 연락을 받은 겁니까?"

"예상한 거지요. 그 정도도 못해서야…… 밥 벌어먹겠습니까."

미리 예상한 것인가.

이런 곳에 앉아 얼마나 정보를 받을 수 있을까? 한정된 정보일지도 몰랐다.

그럼에도 예상을 하고 판을 읽을 줄 안다는 것은 그 능력이 뛰어나단 증거다.

"몇 명입니까?"

"예?"

"살아남은 자가 몇 명이냐 이겁니다. 확인을 해야 하니까요.”

“일곱입니다.”

무사들 중에 하나가 죽어 일곱이다.

“일곱이라…… 많군요. 확실히 적은 수는 아닙니다.”

“……어렵습니까?”

“흐음…….”

하지만 일곱이라는 수는 일행이 몸을 숨기고 움직이기에 상상 이상으로 많은 수인 듯했다.

하기야 쉬운 일이었더라면 이곳으로 올 생각도 않았을 거다. 그만큼 어려운 일이다.

아무리 하오문이라도 꽤 신경을 써줘야 하리라.

“나뉘긴 해야 할 겁니다. 도중에 몇이 죽을지도 모르는 일이구요. 그래도 괜찮겠습니까? 하오문으로서는 그게 최선입니다. 이것도 최대한 주의를 기울인 것이긴 합니다만은…….”

“……그렇습니까.”

누군가 죽을 수도 있다라. 자신이 될 수도, 다른 무인이 될 수도 있다. 어느 정도 예상은 했지만, 좋은 답은 아니다.

무리한 부탁을 하는 것을 앎에도 운현은 애써 미소를 지어 괜찮다 말할 수 없었다. 사람이 죽는 문제였다.

서생도 운현으로부터 밝은 모습은 기대치 않았는지, 사무

적으로 자신의 말을 이어갈 뿐이었다.

"추격전이지 않습니까. 영역도 영역이고 말입니다. 왜 하필 강서입니까. 안 그래도 다른 곳보다 더 사나운 곳인데 말이죠."

별거 아닌 듯 말하는 사내의 말투지만, 그 의미는 그렇지 않았다.

'휴우…… 안 그래도 어려운 지역인가 보군.'

이역수라를 처리하고 돌아간다. 모두가.

라는 짧았던 목적은 아무래도 이루어지기 힘들 듯했다. 하나가 죽어 버릴 때부터 이미 목적이 깨어진 상황이었을지도 모른다.

"어쩔 수 없군요. 몇으로 나눠서 어찌 움직이면 됩니까?"

"셋입니다. 둘, 둘, 셋이죠. 그게 제일 눈에 띄지 않습니다."

이미 짜놓은 작전이라도 있는 듯 서생의 말에는 한 점 막힘이 없었다.

'셋이라…….'

셋으로 나뉘어 다시 정파의 영역으로 가기까지 몇이 죽을까. 어쩌면 이역수라를 잡을 때보다도 더욱 위험한 일일지도 몰랐다.

'괜히 의뢰를 맡았나…… 아니지. 내가 맡지 않았어도 수

행했겠지.'

그의 입이 썼다. 답은 정해져 있었다. 안 할 수도 없었으며, 모여서 간다고 모두가 잘 빠져나갈지는 모를 일이다.

대체 무슨 일이 있어 그런지는 몰라도, 남궁가에서 자신들의 은원을 처리하고 있음에도 제대로 지원을 해 주지 않은 것이 원망스러울 뿐이다.

"……알겠습니다."

"그럼 바로 준비를 합지요. 무운을 빕니다. 아아, 그리고 이 다음부터는 표식이 또 바뀔 겁니다. 저는 없을 테니…… 그럼."

서생이 물러났다.

第十一章
은밀한 도주

다른 남궁무사들은 이미 떠난 지 오래다.

서생은 자신의 몸을 숨기면서도 분명 빠르게 일 처리를 해 주었다.

그리고 마지막, 운현과 남궁미에게도 서찰이 건네어졌다.

서생이 자신의 모습을 드러내지 않는 대신 남긴 서찰이다.

서찰이라 해서 단순히 짧은 수준의 글이 아니었다.

이에 대한 대비를 미리 하기라도 한 듯 세밀한 내용으로 가득 차 있었다.

이대로만 하면 어지간한 머저리가 아니고서야 충분히 탈출할 수 있을 정도였다.

부족한 무력으로도 무림에서 살아남은 하오문의 저력을 엿볼 수 있는 대목이었다.

도주라 해서 급히 움직이기만 할 필요는 없습니다. 오히려 눈에 띄지요. 유람객이 되시지요. 미리 준비한 신분이 있으니…….

시작은 단순했다.

운현이 마차를 빌려 부잣집 부부의 행세를 했었듯, 그들도 처음은 그런 위장을 말했다.

다만 차이가 있다면, 위장 신분이 어디에 사는 누구이며 무슨 일을 하는지, 그 상황과 배경을 상세하게 기술해 놓았다는 것이었다.

위장이라는 같은 행위를 하더라도, 급이 다른 위장이었다.

"가지요. 여보."

"예……."

그들의 도움으로 운현과 남궁미는 새로운 인물이 될 수 있었다.

험한 포목점 일을 하면서도 숫기가 없는 사내와 그런 사내를 사랑하는 아내. 회창 출신으로 금슬이 좋기로 유명한 부부가 됐다.

서생이 건네어준 서찰에 함께 담겨 있는 옷가지와 장신구에 적당한 분장을 하는 것으로도 둘은 부부처럼 보였다.

임시지만 부부가 된 둘은 조심스레 회창부터 나섰다.

회창을 벗어나는 것은 쉬웠다. 외곽지를 쭉 돌아 나왔을 뿐이다.

"이거 떨리기는 하는군요……."

"예……."

다음이 문제였다. 서찰에선 말했다.

사람들 틈에 숨으라고. 회창 이후부터는 어설프게 가도를 피해 산으로 갈 경우 오히려 걸릴 위험이 있다 말했다.

'가도를 통해서 쭉 올라가라고 했지…….'

석성현, 남풍현, 남성현, 쭉 위로 올라 응당현까지. 그렇게 북쪽으로만 올라가면 안휘에 닿을 거라 말했다.

호북성을 통해 들어왔으니 안휘를 통해 나가라는 소리였다.

가도를 타고 올라가서일까.

관의 위협은 없었지만, 사파 무인들의 위협은 분명 있었다.

"멈춰라!"

사파의 무인이 양민치고는 돈이 제법 있어 보이는 둘을 향해 하는 말이었다.

'미리 준비한 대로…….'

하오문은 가슴 아래 유근혈, 가슴 부위의 고방혈 그리고 마지막으로 목 뒤의 대저혈을 자극하라 했다.

이 셋을 한 번에 돌리게 되면. 바로 지금처럼 된다!

"……예, 옛?"

사신을 만나기라도 한 듯 몸이 벌벌 떨리고, 목소리도 함께 떨리게 되는 것이다.

간질 환자 정도는 아니지만, 겁을 먹은 것처럼 보일 수준은 되었다.

그것도 양민이 무인을 만났을 때 벌벌 떠는 정도가 아니라, 곧 죽을 위기에 처한 듯 애처로울 정도의 떨림이었다.

연기를 하라고 하면 이렇게 하지 못했을 거다. 하오문의 잡기 덕분에 이렇게 하는 거다.

'신기한 묘용…….'

진기도인, 마혈을 통한 마취 같은 것은 했어도 이런 식의 응용까지 될 줄은 몰랐던 운현이다.

남궁미도 용케 합을 맞춘 건지, 부부로 보이는 둘이 몸을 덜덜 떨고 있었다.

자신에게 겁을 먹은 듯 보이는 게 마음에 들었던 걸까?

작은 의심은 있지만 크게 일을 벌일 생각은 없었던 듯, 사파 무사가 크게 웃기 시작한다.

"하핫. 뭐 내가 잡아먹기라도 하나?"

"아, 아닙니다요."

그러면서 조금 힘을 주어 운현의 어깨를 짚는 그다. 알아서 기라는 소리다.

내놓을 게 있으면 내 놓고.

사파 무사에게 있어, 여행객은 아주 뜯어먹기 좋은 대상이었으니 당연한 반응이다.

상부에서 내려온 일도 하는 것은 겸사겸사다.

"그래. 어디를 가는 길인가?"

"아, 안휘를 갑니다요."

"안휘? 왜? 무공 배워서 정파인 행세라도 하려고?"

"그, 그럴 리가요. 포, 포목을 떼러 가는 겁니다."

"흐음…… 이상한데…… 강서에도 포목은 많잖으냐?"

"겸사…… 겸사…… 멀리 있는 친척도 보려는지라……."

의심을 함에도 목소리만 떨 뿐 달라진 게 없어 보여서 일까.

'하기야 이런 연놈들이 무슨 남궁가겠어…… 쯧. 그래도 한 푼 벌이는 되겠군. 포목이라…….'

사파 무사가 아주 잠시 하던 의심을 버린다.

"그래. 그래. 그럼 네 말은 알아들었고. 어디 보자. 통과료는 냈나?"

"토, 통과료 말입니까? 그게……."

통과료는 무슨. 얼치기로 뜯어먹으려는 게 훤히 보였다. 아까 어깨를 짚어 힘을 줄 때부터 알아볼 만한 놈이었다.

얼마를 줘야 할까? 상세하기만 했던 하오문의 서찰에는 이것도 적혀 있었다.

통과료를 요구하면 닷 냥에서 칠 냥입니다.

운현은 알아서 품에서 조심스레 돈을 꺼내었다. 주머니가 아닌 품에서 조심스레 꺼내라는 것조차 서찰에 적혀 있을 정도였다.

주머니에서 꺼내면 더 큰 것을 바라고 일을 치르려 할지도 모른다는 첨언은 덤이었다.

"여, 여기…… 있습니다요."

"허허. 육 냥이라…… 이거 섭섭한데……."

"그…… 죄송합니다요. 제가 정말 할 수 있는 게…… 이거뿐이라……."

"허어이 참. 이거 면이 안 서는데……."

사내는 아쉬운 듯 잠시 눈을 부라렸다. 더 낼 것이 있으면 내놓으라는 태도였다.

그래도 육 냥이면 나쁘지는 않았다. 탁주 하나라도 걸칠 돈이었다.

거기에 운현의 사과가 더해졌다.

“죄, 죄송합니다.”

그도 마지막 양심은 있는 건지, 그제야 슬슬 물러나는 기색이었다.

그러고는 서찰에서 이야기한 대로 사파식의 배려를 해 줬다.

“됐다. 혹시 다른 놈이 건드리면 형사문 우전이 이미 다녀갔다고 이야기해라.”

“가, 감사합니다!”

자기가 이미 침을 발라놓은 지 오래이니, 건들지 말라는 표시였다.

적어도 형사문과 척을 지지 않은 곳은 운현과 남궁미를 건드리지 않는다는 이야기기도 했다.

“쯧. 가 봐라.”

“예, 옙!”

마지막까지도 인사를 크게 올리며 물러나는 운현과 남궁미였다.

누가 봐도 정말 평범한 양민처럼 보일 만한 모습이었다.

우전이라는 자가 물러나자마자, 운현과 남궁미는 한숨을 내쉬었다.

서찰을 읽어 줄줄 외워두기는 했지만 실제 경험하는 건 이제부터였기에 둘도 긴장을 할 수밖에 없었다.

"휴우…… 쉬우면서 어렵네요."

"그러게요……."

뭐든 처음이라는 것은 떨릴 수밖에 없는 것이다.

일이 잘 안 되면 우전이라는 자를 물리치고 경공을 펼쳐 도망가는 것까지 생각했던 운현이다.

그런데, 서찰대로 하니 그가 생각하는 것 이상으로 효과가 즉효였다.

'교본이군 교본이야…….'

서찰은 이런 일 자체를 안 당해 봤을 둘을 배려한 정도가 아니었다.

도망자가 어찌 행동해야 할지, 말해 주는 교본 그 자체였다.

처음 도주다운 도주를 하는 둘도 이렇게 먹혀들 정도이지 않은가.

둘의 임기응변이 조금만 더 강했다면 절대 걸리지 않을 거라 자신을 할 수 있을 정도였다.

“그나저나…… 이런 식으로 돈을 뜯기면 칠전을 꽤 많이 가져야겠는데요.”

“흐음…… 그것도 그거지만 잘 조절하라고 했으니까요. 어렵네요.”

한 지역에 칠전 닷 냥에서 칠 냥이라 생각하면 적은 돈은 분명 아니다.

양민들이 무인들을 어려워 할 법도 했다.

서찰이지만 교본이나 다름없는 내용대로라면 다음은,

사파 무인에게 돈을 바치고도, 급히 현을 떠나가는 건 되려 부자연스럽습니다.

칠전을 바치고 안전이 보장됐는데, 애써 움직일 필요가 없기 때문이죠.

그럴 땐 차라리 그곳에서 하루 정도 푹 머무르는 게 자연스럽습니다.

라고 말했었다.

하오문에서 보낸 서찰은 양민으로서 자연스럽게 움직이는 것을 계속해서 강조하고 있었다.

그러니 둘은 서찰대로라면 이곳에서 하루 더 머물러야 했다.

"일단은…… 이렇게 세도 냈을 경우에는 하루쯤은 머무르는 게 좋다고 하니 객잔에 가야겠지요?"

"예에……."

둘 다 바보가 아니니 서찰의 내용을 전혀 모를 리가 없었다.

문제는, 서찰의 다음 내용이다.

두 부부가 금슬이 좋은 건 이미 회창에서 크게 소문이 날 정도였습니다.

그러니 자연스러운 게 좋겠지요. 두 부부는 객잔이든 집이든 들이서…….

화끈—

왠지 모르게 얼굴이 시뻘게지는 둘이었다.

*　*　*

화문루(和文樓)

거창한 이름을 가져다 붙였지만, 루라고 불릴 정도는 아니었다. 조금 그럴싸한 객잔 정도랄까?

그럼에도 포목점 부부의 형편에는 다소 무리가 따르는 곳이다.

하지만 금슬 좋은 부부가 서로를 위해서 머무르기에는 자연스러운 곳이었다.

이 또한 서찰에 나온 내용을 기반으로 해서 정한 거였다.

"방 있습니까?"

"예. 있습죠. 여기 하루에 은자 한 냥인데 괜찮습니까?"

"비싸구려……."

"크흠…… 그래도 이 현에서는 알아주는 곳입니다."

여기까지는 좋았다. 방에 침상이 하나뿐이라고 하더라도 한 명이 내려가서 자면 되었다.

남자인 운현이 남궁미를 배려해서 내려가면 되는 것뿐이다. 거기까지는 쉬웠다.

문제는 바로 다음이다.

운현과 남궁미의 얼굴이 새빨개지게 할 만큼 금슬 좋은 부부의 취미는, 목욕이었다.

"그, 그럼 알겠소이다. 그래도 목욕은 할 수 있지요?"

"아무렴요. 그렇지도 않으면 어디 루라고 이름 붙이겠습니까. 반 시진만 기다리시죠. 아직 초저녁이라 물이 다 안 데워졌으니까."

"……알겠습니다."

그것도 같이하는. 특이하게도 둘은 그런 식으로 사랑을

확인한다고 적혀 있었다.

이게 장난인지, 진심으로 적혀 있는지 모를 일이지만 교본이나 다름없는 서찰이 아니었던가.

"기, 기다릴까……요? 아니…… 기다릴까?"

"……네에."

그러니 따라야했다.

'어디까지나…… 위장을 위해서니까…….'

라는 핑계로 두근거리는 심장을 애써 잠재워 보려고 하는 운현이었다.

"……."

"……."

둘은 화문루에서 산 식사도 하는 둥 마는 둥 하면서 잔뜩 얼굴을 붉히고 있었다.

'……으. 이제 시작인데…….'

앞으로 생각보다 많은 현을 들러야 할 터. 그것만 생각해도 아찔한 정신의 운현이었다.

식사를 하고 얼마 뒤. 반 시진이라는 시간은 야속하게도(?) 빠르게 흘러갔다.

"들어가쇼. 보아하니 부부가 같이 쓸 걸로 보여서 물 좀 넉넉하니 넣어놨소."

"……감사합니다."

웬일로 과한 친절이다.

속으로는 감사라는 말이 안 나오지만 어떻게 하겠는가. 일단은 감사하다는 게 맞았다.

"드, 들어갈까?"

"예에……."

둘 모두 시뻘게진 사과처럼 얼굴이 변해서는 고개를 푹 숙였다.

그러고는 욕실을 향해 들어가는 모습이 애처로워 보일 정도였다.

"쯧…… 들어가면 다 짐승 되든데…… 내숭은……."

화문루 주인의 흰소리만이 비어 가는 주루의 일 층을 채워갈 뿐이었다.

*　*　*

"크네요……."

루라는 이름을 괜히 붙인 게 아닌 듯, 둘에게 마련된 욕실은 꽤 컸다.

어지간한 서민의 방 정도 크기는 되었달까? 은자 한 냥이란 돈을 괜히 받는 건 아닌 듯싶었다.

크기 대비 안은 단순했다.

한편에 마련된 작은 탈의실과 몸을 닦을 만한 천. 그 가운데를 차지하는 나무로 만든 욕조 정도다.

창을 가리고 있는 두터운 천 사이로 살포시 비치는 달빛이 분위기를 더해 주는 게 아늑한 느낌은 있었다.

'어쩐다…….'

침상에서도 같이 자리를 안 하듯, 처음부터 같이 들어갈 생각은 없었다.

그래도 목욕물을 쓰기는 해야 했다. 아니 쓰는 척이라도 해야 했다.

그게 자연스러운 일이다.

애써 물을 받아 놓고 사용하지도 않으면 루의 주인이 이상하게 생각하는 것도 당연한 일이다.

'하아…….'

운현이 어찌할 바를 모르고 있으려니, 남궁미가 먼저 선수를 쳐왔다.

"제, 제가…… 먼저 할게요."

"괜찮으시겠어요?"

"……."

그녀의 얼굴이 다시 새빨개진다.

평소 어염집 여인과는 거리가 먼 그녀이지만, 아무리 그녀라도 지금 상황은 쉽지만은 않은 듯했다.

"해, 해야 하니까요."

"그렇죠…… 해야죠…… 예……."

괜히 또 어색해진다.

이대로는 안 된다.

앞으로 얼마나 더 욕실을 함께(?) 써야 할지 모르는데 여기서 머뭇거리기나 할 수는 없었다.

너무 오래 시간이 걸리기만 해도 루의 주인이 이상하게 생각할 것이다.

결국 모든 것은 루의 주인 탓(?)인 것이다!

"저는…… 저쪽 구석에 가 있겠습니다."

"그, 그래요."

애써 나선 그녀를 배려하기 위해서 운현이 저 한쪽 구석으로 향한다.

양민 행세를 하고 있지만, 포목점을 하는 운현의 부인으로 되어 있는 남궁미다.

보통 양민들보다는 옷가지가 고급스러울 수밖에 없었다.

사르르륵.

비단옷만큼은 아니어도, 부드러운 천이 떨어지는 소리가 운현의 귀를 간질인다.

'젠장…….'

무슨 일(?)을 벌일 것도 아닌데, 그의 심장이 괜히 쿵쿵거리면서 뛰기 시작한다.

하기야 태어나서 아직까지도 동정인 운현 아닌가.

지금의 소리는 자극이 너무 심했다!

그런 운현의 자극을 생각지 않은지, 남궁미는 바로 다음 단계로 갔다.

차르르.

욕조의 안으로 들어간 것이다.

'……읏.'

괜히 심장이 쿵하고 울린다.

차라리 이역수라를 다시 상대하라면 상대했지. 지금 남궁미의 공격은 너무 강했다. 염화장보다 더욱 강한 공격이었다!

그도 어쩔 수 없는 남자였는가.

괜스레 평소 생각지도 않던 그녀의 몸매가 그의 머리로 스쳐 지나간다.

가끔 가슴 두근거리게 하던 그녀의 미소 어린 표정도 함께 스쳐 지나갔다.

'……이게 웬 소란이냐. 진짜 부부도 아닌데, 아서자. 이상한 생각이나 하지 말고.'

그의 심정을 아는지 모르는지, 남궁미는 자신의 역할에 열심히였다.

차르르륵— 차륵.

정말 씻은 것으로 보이려는 듯 욕조에서 열심히 몸을 놀리기 시작한 것이다.

두 사람이 목욕한 것처럼 보이려면 그 행동이 맞기는 했다.

다만 운현에게 너무도 큰 자극이 되는 것이 문제라면 문젤까.

차륵—

그녀의 물소리 한 번, 한 번이 운현에게는 절정고수의 공격인 양 강한 초식일 수밖에 없었다.

굳이 따지자면 그녀의 물소리 공격은 소리로 공격을 하니 음공 정도가 될 거다.

운현 한정이지만 꽤 강한 공격이었다.

이런 때에 방법이라고는 하나뿐이지 않겠는가. 자신은 짐승도 그렇다고 색마도 아니었으니까.

괜히 죄인이라도 된 듯 겨우겨우 숨을 삼키는 운현의 귀로 남궁미의 목소리가 들려온다.

"……저기요."

"예?"

"……교, 교대해야 하지 않을까요."

무슨 엄한 상상을 할 필요가 있으랴. 둘 모두 너무 쑥맥이었다.

과연 이후에 어찌 될는지는 모를 둘이서 첫 목욕(?)을 함께했다.

第十二章
도착하다

'고행이었다.'

대결을 좋아하는 그가 아니지만, 차라리 대결이 나았다.

차라리 죽일 자를 베는 것이 나았지, 안휘성 근교까지 오는 동안의 여정은 그에게 가장 큰 고행이자 고난이었다.

'……사리가 나오는 게 아닐까.'

위장을 위해서였다고는 하지만 분명히 힘든 일이었다.

참아야 했기에 더욱 힘들었을지도 모르겠다. 그도 육체만큼은 혈기왕성한 때였으니까.

아무래도 상상을 하는 것까지는 뭐라 할 수 없는 일이었다.

덕분인지 서로의 사이는 함께 여정을 하는 동안 가까우면서도 어색한 그런 사이가 되어 버렸다.

안휘로 오자마자 남궁미가 물어 왔다.

"그…… 이제는 부부 사이가 아니라고 해도 되겠죠?"

"그렇지 않을까요? 일단은…… 위기는 벗어났으니까요. 아마도요."

"……혹시 모르니까 오늘 낮까지만 하죠. 안휘 근교긴 해도 안휘의 중심은 아니니까요."

할 필요가 있을까? 하기야 밤이 되면 확실히 안휘다.

목욕은 밤에나 하는 일정이니 굳이 할 필요가 없을 것이다.

"그러죠. 확실한 게 좋으니 괜찮을 듯합니다."

"예에……."

어색한 가운데 안휘를 향해 발걸음을 옮기는 둘이었다.

그동안 고난 아닌 고난을 겪었으나, 어렵사리 안휘에 들어오는 데에 성공한 것이다.

하지만 모두가 성공한 것은 아니었다.

아니, 애당초 모두 성공하기가 힘들었다. 어쨌거나 적진이었다. 쉬운 일이 아니었다.

하오문이 최대한 노력을 했다고 하더라도 사파인들 또한

노력을 했으니 당연한 이야기다.

처음에는 성과가 없었으나, 계속해서 추격에 실패한 것에 자존심이 상했는지 탁운이 위의 련에까지 지원을 요청했다.

사도련에서도 이번 일은 꽤 자존심이 상했는지, 그의 요청에 앞뒤 재지 않고 바로 나섰다.

그 결과가 이것이다. 남궁가 무사 중 셋을 잡아냈다.

탁운은 그들 중 둘을 련이 투입한 이들에게 보내고는 한 명은 자신이 따로 데려왔다.

포로나 다름없는 자들을 나눈 것이다.

무림맹이었다면 이런 일은 벌어지지 않겠지만, 사파였기에 가능한 일이었다.

그리고 이어지는 고문.

그는 고문이 자신의 취미생활이기라도 하듯 잔뜩 웃음을 지으며 고문을 이어 나갔다.

“크아아아악…….”

“이역수라를 어찌 죽였는지는 알겠다. 하지만 누가 죽였지? 역시 신의인가?”

“큿. 이미 알 만할 놈이 뭘 묻는가?”

남궁가의 무사도 만만치는 않았다.

상대가 이미 다 파악을 하고도 자신을 고문하는 걸 알았다.

미친놈의 유희 대상으로 꼽혔음을 알고 있는 것이다. 단지 놈은 분풀이를 하고 싶을 뿐이었다.

"……흣. 그래도 확언을 듣는 건 또 다르지."

"죽여라."

이역수라가 외치던 말을 자신이 이렇게 외칠 줄을 또 누가 알았으랴.

세상사 역시 알 수 없는 일이었다. 이런 무의미한 고문을 당할 바에는 차라리 죽는 게 나았다.

그는 진심으로 그리 생각했다.

"쯧…… 정파 놈들이란……."

곧은 모습이 마음에 들지 않았는지 탁운이 혀를 찬다.

'얻을 것이 없는 건가. 흐음…….'

이런 식으로는 상대를 제대로 괴롭힐 수 없다는 것을 알고 있는 것이다.

'보자…… 어쩐다?'

고문한다 해서 얻을 것도 없다.

사도련에서 당장에 남궁가에 쳐들어가야 한다 말하는 자도 있지만, 역시 이도 무리라는 걸 잘 아는 탁운이다.

사도련은 아직 준비가 덜 되었다. 나아가기에는 확실히 무리다.

전력을 제대로 잴 줄 모르는 얼치기들이나 정사대전을 요

구하는 것이다.

결국 그로서는 련에서도 딱히 재미를 볼 것이 없었다.

되려 지원을 요청했으니, 적당히 대가를 줘야 할지도 모를 일이다.

'손해인가. 가만…….'

그때 그의 머리에 번뜩이는 사특한 생각이 스쳐 지나간다.

련이 자신에게 무엇을 주지는 않더라도, 련이 아닌 그곳은 자신에게 무언가 줄 수 있음을 깨달은 것이다.

"좋군."

"뭐가 말이냐? 어서 죽이라는 말을 듣지 못했느냐!"

탁운의 화를 돋우려는 것인지 굳세게 외쳐 보는 남궁가의 무사다.

"흐흐. 죽기야 죽을 거다. 하지만 그게 죽은 모습일지 아닐지는 지켜봐야겠지."

"네놈! 무슨 짓을 하려고 하는 거냐!"

"기다려 보라고. 잠시면 되니까."

밤낮으로 고문을 수행하던 탁운이 깔끔하게 뒤로 물러난다.

그가 향하는 곳은…….

운현의 예상이 틀렸으면 하는 그곳을 향해서였다.

*　　*　　*

“오네요.”

“우리보다 좀 더 걸리긴 했네요.”

무사들을 이끄는 자로서, 판단을 해야 하는 역을 맡은 남궁미다.

그 때문인지 자신의 감정을 되도록 드러내지 않으려 노력해 왔지만, 지금만큼은 그럴 수 없었다.

반가움이 먼저였다.

“영훈!”

“아가씨! 도착하셨군요?”

영훈도 어려서부터 봐 온 남궁미를 걱정했는지 같이 반가움을 표했다.

평소 무사다움으로 무장한 그치고는 꽤나 밝은 표정이었다.

“응. 삼 일째 있었어.”

어렸을 적으로 돌아간 듯, 남궁미의 말투는 꽤나 풀어져 있었다.

“삼 일이라. 꽤 오래 기다리셨군요.”

“괜찮아. 다 함께 돌아가는 것도 내 책임이니까.”

“그렇지요. 그런데…….”

영훈이 어느샌가 남궁미의 옆에 자리한 운현에게 눈짓으로 인사를 하고는 주변을 돌아본다.

영훈과 함께 온 무사는 하나다. 사냥꾼 행색을 하고 어렵사리 올라왔다.

남궁미와 운현이 이곳에 있고, 남은 자는 자연스럽게 셋이다.

보부상 행세를 하기로 한 셋이 보이지를 않았다.

"설마…… 아직인 겁니까?"

"응. 아직은 안 왔어. 도중에 합류할 줄 알았는데……."

"……그렇습니까."

"응. 그랬지……."

일행의 표정에 씁쓸함이 어린다.

포목점 부부, 사냥꾼들, 보부상. 이 셋 중에 제일 빠른 자는 누가 될까?

길을 서로 다르게 해서 온다고 하지만 보부상으로 위장한 자들이 빠를 수밖에 없다.

그들은 물건을 사고팔며 운반하는 자들이니 당연하다. 빠르게 걸어도 자연스러운 편이다.

하오문에서 넘긴 서찰은 셋 모두 세세했을 것이고, 그러니 가장 먼저 올 자는 실상 보부상이어야 했다.

그것이 맞았다. 그런데 어째서 오지를 않는단 말인가.

영훈의 일행이야 멀리 돌아오는 역할이었으니 삼 일이 늦는 것을 이해한다고는 쳐도, 다른 쪽은 무리다.

모두가 직감적으로 알았다. 실패했을 거라는 걸.

하지만 차마 그 말을 꺼내 들지 못했다.

"며칠만 더 기다려 보도록 하지요. 금방 웃으면서 올지 누가 또 알겠습니까. 하핫."

"그래요. 신의님, 말대로 기다려 보죠. 보부상 행세를 하니 물건이라도 구매해 올지도 모르는 일 아닙니까. 하핫."

영훈이 어설프게나마 과장스럽게 웃으며 분위기를 띄워본다.

하지만 모두가 알았다.

이곳 황운현에서 며칠을 기다린들 그들은 오지 않을 거다.

그들을 기다리는 건, 동료로서의 그들을 위한 예우였다.

'모두…….'

돌아오기를.

*　　*　　*

며칠이 지났으니 떠나야 했다.

그런데도, 떠나기 직전 사도련에서 정파 무사를 잡았다는 소문을 듣고부터 남궁미는 이 상태였다.

"아가씨……."

"……."

오직 침묵.

철의 여인이라도 된 듯 강한 모습만을 보여주던 남궁미다.

하지만 지금은 그렇지 못했다.

어려서부터 많은 임무를 수행하고, 많은 무사들이 희생당하는 걸 봐 온 그녀다.

그럼에도 적응을 할 수가 없었다.

함께하던 이들이 죽어 가는 것에 적응하기란 그녀로서도 힘든 일이었다.

한과 울분이란 감정이 터져 나온 것이었다.

그동안은, 임무를 수행해야 한다는 의무감에 가슴 어림에 꾹꾹 눌러 담아왔던 울분이 뒤늦게야 터져 나온 듯했다.

눈물을 흘리며 울지는 않았으나, 가슴으로 울고 있다는 걸 모두는 알았다.

아버지 남궁현에 대한 복수를 했기에 더욱 마음이 풀어진 걸지도 모르겠다.

"아가씨…… 이제 슬슬 움직여야 합니다. 가문 어르신들이 이상하게 생각하실 겁니다."

"……"

가문의 어르신이라는 말에 남궁미의 몸이 움찔거린다. 반사적인 행동이다.

"휴우…… 내일이면 어떻게든 가야 할 겁니다. 그러니…… 채비를 하시지요."

"……"

"그럼 그리 알고 먼저 움직이겠습니다."

그녀가 채비를 할 게 뭐가 있을까. 다른 무사들이 해도 될 일이다.

그녀에게 그리 말함은, 단지 영훈으로서는 그녀를 위로할 줄을 몰랐기 때문이다.

무사로 자라, 무사로 평생을 일구어온 그는 이런 일엔 도무지 젬병이었다.

"음……"

그가 남궁미로부터 나와 가까이 걱정스러운 눈빛을 보내고 있는 운현에게 눈짓을 한다.

좀 도와 달란 표시다.

'휴우……'

운현도 그녀가 얼마나 힘들어 하는지를 알기에 영훈의 신호에 고개를 끄덕이며 일어났다.

위로하기 위해서다.

강하기만 해 보였던 여인의 약한 모습에 운현조차도 가슴이 아플 정도였다.

처음 호기심에 자신을 따라왔던 여인의 모습이라기엔 너무 약해 보였다.

'……마음의 병이 될지도 모르겠군.'

지금 위로를 한다고 하더라도 언제고 일이 터질지도 몰랐다.

운현은 그리 생각하며 그녀를 위로키 위해 움직였다.

"남궁 소저."

"……."

그녀가 그의 눈을 가만히 바라본다.

눈 끝에 맺힌 작은 이슬이 그녀의 애처로움을 더해 주고 있었다. 모순적이게도 그조차도 아름다워 보이는 건 어쩔 수 없는 일이었다.

"……이런 위로는 제가 잘하지 못합니다만은 그래도 같이 앉아는 있어도 괜찮겠지요?"

"……."

가만히 그를 바라보던 그녀가 작게 고개를 끄덕인다. 운현만 알아볼 만큼 작은 행동이었다.

그것으로도 충분했다.

운현은 과장스럽게 의자에 앉아 그녀의 옆에 자리했다.

그러고는 그녀처럼 멍하니 객잔 밖 창문으로 보이는 곳을 바라볼 뿐이었다.

둘은 무슨 생각을 하고 있을까? 알 수 없는 일이다.

신기하게도 남궁미는 그렇게 하루를 꼬박 앉아, 밖을 바라보고는 몸을 툭툭 털며 일어났다.

위로가 먹히기는 한 걸까?

운현도 이것은 알 수가 없었다. 그도 이런 정신적인 문제는 어려웠다.

'……모르겠군. 휴우.'

그녀는 애처로움도, 슬픔도, 마음의 병도 모두 어딘가로 집어넣은 듯 본래의 표정으로 돌아왔다.

사라지진 않았을 거다. 숨긴 것이겠지. 치유되기엔 너무 빨랐다.

'영훈의 반응으로 보아 이번이 처음이겠지. 다시 한 번 더 이러면 그때는 심마에 들지도 모르겠는데. 큰일이군.'

운현의 걱정을 모르는 듯, 그녀는 다시 본래처럼 돌아와 명했다.

"올라가죠. 본가로."

"예!"

본래 상태로 돌아온 듯 움직이는 그녀지만, 그런 그녀를 바라보는 운현의 눈은 더욱 깊어졌다.

그는 이대로라면, 안 될 거라 생각했다.

'어떻게든 조치를 취해야겠군.'

그녀의 아버지를 만나 볼 필요가 있었다.

* * *

탁운이 머무르는 문파에서 이틀쯤 몸을 움직이면 겉보기에 아주 작은 암굴이 나온다.

겉으로 보기엔 자연 암굴이다.

입구도 작고, 사람이 드나드는 흔적도 없다고 볼 수 있을 정도다. 그 흔한 사냥꾼들도 다녀가지 않아 보인다.

어디까지나 겉모습이다.

안으로 깊이 들어가면 그 크기가 예사롭지 않게 바뀐다.

허리를 굽히고서야 겨우 지나갈 수 있을 정도인 넓이가, 어느 순간부터 허리를 피고도 남을 만큼 커진다.

거기서 좀 더 안으로 들어가면, 횃불조차 필요 없을 만큼 밝은 분지가 보이게 된다.

분지로 오는 방법은 알려지기로 이곳 동굴 하나뿐이다.

입구만 제대로 막으면 천혜의 요새가 될 수도 있는 곳이 바로 이곳이다.

백 명의 무인으로 천 명의 무인을 막는 것도 가능할 거다.

산적이 자신의 본거지로 삼는다면, 최상의 본거지가 될 수도 있는 이곳에 탁운이 모습을 드러냈다.

"여전하군."

마을에나 있을 건물 몇 채, 그 뒤로 부자연스러울 정도로 커다란 건물 하나가 분지의 대부분을 차지한다.

이곳에 이런 곳을 지으려면 얼마나 많은 돈을 필요로 할까? 알 수 없다. 운영도 힘들 것이다.

그럼에도 용케 이곳은 탁운이 문주가 되기 이전부터 운영이 되고 있었다.

'살기하고는…….'

허튼짓을 하지 말고, 정해진 길로만 가라는 듯 탁운이 분지 이곳저곳을 바라보자 살기가 뿜어져 나온다.

할 일만 하라는 표시다.

하기야 정기적으로 오던 때도 아니지 않았는가. 저들이 저리 반응하는 것도 이해는 갈 만했다.

자신에게 살기를 뿜는 자를 놔두는 법이 없는 탁운이지만, 지금만큼은 기분 좋은 미소로 앞을 향할 뿐이었다.

그리고 안으로 들어선 거대한 건물.

그 안도 뭘 숨기려는지 안이 전부 보이지 않는 구조로 이리저리 얽혀 있었다.

연통을 받고 온 것인지, 그가 올 때마다 으레 그를 맞이하는 중년인이 그에게 다가왔다.

긴 수염이 학자와 같은 분위기를 풍기게 만들지만 그의 눈을 보면 결코 학자라 생각하지 못할 거다.

광인의 눈빛을 가진 자였다.

"무슨 일인가? 올 때가 아닐 텐데?"

"때가 되어야만 오는 것이오? 우리가 본 지가 얼마인데……."

"허튼소리."

"흐흣. 여전하시구려."

냉혹할 만큼 차가운 목소리에도 탁운은 여전히 미소를 지었다.

'죽일 놈들…… 네놈들의 자금만 아니었어도 진즉 목을 벴을 거다.'

구밀복검이라 했다. 가슴에 칼을 숨기고서도 탁운의 태도는 한결같았다.

그의 등에 봇짐처럼 멘 큰 짐덩이를 쿵 하고 떨궜을 뿐이다.

안에서부터 신음 소리가 들려온다.

"뭔가?"

"선물입니다. 선물."

신음 소리로 보아 사람이다. 그런데도 선물이 될 수 있는 건가.

알 수 없는 자들이다. 미친 건 확실하고.

"흐음…… 우연히 남궁가와 얽혔다고 들었는데, 잘도 선물을 챙겨 왔군?"

"다 알고 계셨었구료?"

"안에 있다고, 밖을 모르는 건 아니니까. 허튼짓 하는 자들을 파악해야지."

정보망을 따로 갖추고 있으니, 허튼짓이나 하지 말라는 소리다.

'쯧…….'

탁운을 아랫사람처럼 대하는 그였다.

사내는 언제나 그랬다. 아버지의 대부터 늙지도 않는 주제에, 모든 걸 다 알기라도 하는 듯 초연한 태도를 보이곤 했다.

우습게도 눈빛은 광인 그 자체인 주제에 하는 짓이 그랬다.

태도가 마음에 들지는 않지만, 아직 이용 가치가 있다 봤기에 탁운은 다시금 가슴의 검을 숨겼다.

"그래도 이자는 처음 봤겠지요?"

"으……."

봇짐에서 나온 자는, 남궁가의 무사였다. 탁운에게 고문을 잔뜩 당한 듯, 눈조차도 뜨지 못하는 상태였다.

"흠…… 남궁가의 놈인가 보군. 이자를 준다고?"

"그렇습니다. 나쁘진 않지 않습니까?"

탁운은 연신 웃어 댔다. 그가 하는 일 중 가장 사악한 일을 했을 때나 하는 표정이다.

그는 진정으로 지금의 상황을 즐기고 있는 듯했다.

그 아래에 깔려 신음을 내뱉고 있는 남궁가의 무사는 전혀 신경도 쓰지 않고 있는 듯했다.

"몸이 다 상하지 않았는가. 하품이야. 재활용도 안 되겠군."

"물론, 이렇게만 보면 그러겠지요. 하지만 쓰기 나름 아니겠습니까?"

"쓰기 나름이다?"

"예. 잘 치료해도 병신이 되겠지만, 병신은 병신대로 쓸 일이 있는 법이죠."

"호오……."

탁운보다 훨씬 나이가 많은 그였지만, 탁운의 사특한 짓은 그도 인정하는 바였다.

태생부터가 사파의 무인임을 증명하는 건지, 아니면 마귀가 때로 내놓은 자식이라도 되는 건지 탁운은 언제나 더러운 계획에는 천부적이었다.

들어 볼 가치가 있었다.

"뭔가?"

"그것이 말입니다. 살려도, 산 게 아닌 방법이 있지 않습니까? 사람이 제 의지로 움직이지 못하면 그건 죽은 거지요."

"……그렇지."

"이놈도 그런 겁니다. 몸은 병신이라 제대로 움직이지 못하지만…… 뭐 그래도 꼴에 남궁가 무사라고 정신은 제대로 박혀 있더구려."

"그들은 그게 강하니까."

남궁가의 정신은 올곧다. 그 올곧음이 어디로 향하느냐는 문제가 있기는 하지만, 무사 하나하나의 정신력이 강했다.

대 남궁가의 무인이라는 자부심 하나만으로 평생을 봉사하는 자들이 이들이었다.

그렇기에 광인도 남궁가의 무사들을 인정했다. 그걸 노려보고 싶은 듯했다.

"그 정신도 무너트릴 수 있지 않습니까? 당신이라면 말이죠. 흐흐."

"가능은 하지. 가능은 해. 그렇다고 해서 무슨 이득이 나겠는가?"

"왜 안 되겠습니까? 암검이 되겠지요."

"암검?"

암검이라. 이제 와서 정신을 지배한다고 해서 그가 암살자나 될까. 말도 안 되는 소리다.

남궁가 무사 하나를 세뇌했다고 해서, 암살자로 쓸 수 있었더라면 남궁가는 남아 있지도 못했을 거다. 아니 다른 모든 문파가 남지 못했을 거다.

세뇌를 할 줄 아는 자가 무림을 지배했겠지. 무리인 소리다.

하지만 이 계획이 탁운으로부터 나왔다는 게 중요했다.

"그렇소. 암검 말이오. 뭐 이놈 하나로 남궁가 가주의 뒤통수를 찌르는 건 무리겠지. 하지만 말이오."

"하지만 뭔가?"

"직계 하나 찌르는 건 일도 아닐 듯한데 말이오. 내 생각이 맞다면 말이지."

"흐음……."

무슨 계획인지 자세히는 말을 하지 않는 탁운이다. 하지만 실현만 된다면 분명 가치가 있었다.

무사 하나 세뇌하고, 남궁가 직계 하나를 찌를 수 있다면 그만큼 남는 장사도 없었다.

안 되면, 안 되는 대로 실험 하나 한 것으로 만족하면 될 일이다.

"좋네. 어디 한번 해 보지."

"하핫. 역시 이해하실 줄 알았습니다. 그럼 잘 부탁드립지요."

과장스럽게 포권을 해 올리는 탁운이었다. 악연이 된 그의 암계가 어떤 식으로 발동될지는 두고 볼일이었다.

第十三章
대 남궁가

처음 남궁가 지부를 향했을 때는, 놀란 마음을 다스릴 길이 없었다.

그가 갔던 곳은 악서현 지부.

악서현 지부는, 단순한 지부임에도 자신의 본가인 이통표국보다도 더욱 거대함을 자랑했다.

어렸던 운현에게 남궁가의 모습은 놀람을 심어 줬었고, 또한 언제부터인가는 그들 이상의 가문을 꿈꾸기도 했다.

이통표국을 통한 가문이든, 자신의 의방을 통한 업적이든 어느 쪽이라도 방향은 상관은 없었다.

자신의 가문, 집안이 잘되는 것을 마다할 이는 없지 않겠는가.

어떤 방식이든 노력을 하여 되기를 바랄 뿐이었다.

그런데 남궁가의 지부가 아니라, 그들의 본가를 보니 놀람은 더욱 컸다.

'……전에는 왕가였다고도 하더니. 무당파와는 또 다른 느낌이군.'

압도적이다.

관을 의식해서인지 남궁가는 자신의 본가를 장원이라고 칭하지만, 어마어마한 크기였다.

저 멀리 있는 북경의 궁궐만은 못할지라도, 한 지역에 국한될 그런 크기는 아니었다.

분위기도 보통은 아니었다. 평소 남궁미에게서 묻어 나오는 명가의 기운이 어디서 나왔는지 알 만한 분위기였다. 그들의 본가는 거대하되, 필요치 않아 보이는 건 없어 보였다.

건축을 잘 모르는 운현이 보더라도 적재적소에 필요한 건물만 배치했다 느껴질 정도였다.

웅대한 가운데 실용성 또한 느껴졌으니 착각은 아닐 거다.

'필요한 건물만 지어도 이 정도라면……'

남궁가의 저력이라는 건 상상 이상일지도 몰랐다. 그가 아는 것 이상의 뭔가가 더 있을 거다.

하기사 하나의 가문이면서도 무림 곳곳, 정파의 영역마다 남궁가의 무사들을 파견하는 남궁가가 아닌가.

그들을 다 봤다고 말하기엔 아직 멀기는 했다.

남궁가의 무사들도 그런 남궁가의 모습에서 뿌듯함을 느낀 것인지 전에 비해 어깨가 더욱 크게 펴져 있었다.

남궁가를 보기 전이라면 몰랐을까, 그들이 자부심을 느낄 만하다는 것을 자신도 느끼고 있지 않은가.

그들의 자부심을 인정하며 고개를 끄덕일 수밖에 없었다.

앞에 어디에 시선을 둬도 보이는 남궁가를 구경하고 있으려니, 남궁미가 다가와 물었다.

"신의님, 안으로 들까요?"

"아, 예. 그러도록 하지요. 그나저나 남궁가는 볼수록 놀랍군요. 대단합니다."

칭찬을 마다하는 자가 어딨으랴.

남궁가에 대한 자부심이 남다른 그녀기에 오랜만에 밝은 웃음을 지으며 그녀가 먼저 앞서기 시작했다.

안내를 하려는 게다.

문지기들이 막는 일도 없이, 차분히 안으로 들어가고 얼마 뒤.

다른 건물들보다 유독 화려함을 갖춘 앞에서 남궁미가 멈추어 섰다.

"환소관입니다. 남궁가에서 손님들을 모시는 곳이죠."

"멋지군요."

있는 그대로의 말이다. 이런 건물은 보통 노력으로 세워질 건물이 아닐 게 분명하다.

"후후. 좋게 봐주시니 다행이네요. 그럼 안에서 기다려 주시겠어요?"

"오래 걸리겠지요? 전에 말씀하신 대로요."

"예. 보고를 드리고, 어른분들의 이야기가 나오려면 시간이 걸리기는 하겠지만…… 최대한 빠르게 처리해 보도록 할게요."

"하하. 그 정도야 못 기다릴 것이 뭐 있겠습니까. 다녀오시지요."

"예에…… 그럼. 먼저 움직이겠습니다."

이번의 일이 아니더라도, 남궁가와는 매듭지어야 할 이야기가 여럿 있다. 시간이 좀 걸리더라도, 확실히 매듭지어야 할 일들이니 기다리는 것이 나쁘기만 할 것도 없었다.

'……명가가 손님을 모시는 곳은 어떤 곳이려나. 일이 길어진다면 며칠 기다려야 할지도 모르겠구나. 흐음. 나쁠 건 없지.'

그가 시비의 안내를 받아 안으로 들어섰다.

* * *

오랜만의 휴식이다.

사파의 영역에 다녀오며 보고 배운 것들, 이번 일을 겪으며 얻은 것들, 거기에 여러 가지 고민들이 스쳐 지나갔지만, 당장은 한 가지 생각이 컸다.

'쉬어야지…….'

의학도 좋고, 무공 연구도 다 좋으나 모든 것을 다 놓고 쉴 기회가 많지는 않은 그이잖은가.

밖에서 대기하는 시비를 제외하고는 아무런 일도 없이 멍하니 있는 것은 오랜만이기에 그는 당장의 시간을 즐기고 있었다.

'망중한(忙中閑)이려나…….'

정말 잠시의 휴식이었다.

이 휴식이 끝나고 나면 그땐 또 어떤 일들이 있을지는 그도 몰랐다.

가만히 앉아, 창밖으로 보이는 작은 정원을 바라본 지 얼마나 되었을까.

잘 꾸며진 정원에 해가 뉘엿뉘엿 저물어 가던 때에, 그의 시선에 익숙하면서도 낯선 이의 인형(人形)이 보인다.

"음?"

누굴까? 여자의 체형은 아니었다. 남자다.

남궁가에서 제대로 안다 할 수 있는 자는 몇 안 되는 그다. 영훈이나, 임무를 같이한 무사 그리고.

"아!"

그녀의 아버지.

인형의 정체는 남궁현이었다. 전에 보았던 모습과 그대로인 그가 진중함 가운데 작은 미소를 짓고는 운현을 향해 오고 있었다.

"어르신! 오랜만에 뵙습니다."

"허허. 내가 벌써 어르신 소리를 들을 때가 되었는가. 오랜만일세."

무공을 익혀 젊어 보였지만, 분위기가 달랐다. 그는 전보다도 더 중후해 보였다. 그는 운현이 머물던 환소관의 주인인 듯 자연스레 자리를 잡아 말했다.

"앉지."

"예."

그가 남궁가의 주인은 아니더라도 외문당주이지 않은가.

이 정도는 이해할 만한 상황이었다. 운현은 불만 없이 그의 요청을 들어 앉았다.

"먼저 이야기를 하자면, 어려운 일을 해 주어서 감사하네. 개인적으로는 내 일과 관련이 되었음이니 더욱 감사하고."

"의뢰를 받아서 한 것이지 않습니까? 하핫. 톡톡히 받아 낼 생각입니다."

"그런가? 허허. 전에는 주어도 부담스러워 하더니, 이제는 꽤 이문을 챙길 줄 아는구먼?"

"책임져야 할 자가 생기니 그럴 수밖에 없더군요."

운현의 말에 그의 머리로 운현이 의방을 운영하고 있다는 생각이 스쳐 지나간 듯하다.

납득한 듯, 고개를 끄덕이며 말을 이어 갔다.

"책임질 자라…… 그래. 그렇군."

"그런 것이지요. 너무 크게 일을 벌인 건지도 모르겠지만…… 일단은 책임져야 하지 않겠습니까?"

"옳은 말이네. 헌데 …… 자네를 가만 보면 궁금증이 생겨서 말일세. 개인적인 이야기지만 물어도 되겠는가?"

"무엇인지요?"

찔릴 것은 없다. 찔릴 것이 있는 삶을 사는 것도 아니다. 그러니 어지간해선 답을 해 줄 수 있었다.

"그대가 원하는 바가 뭔가? 평소 말하고 다니는 그것이 맞는가? 의원으로서 호북을 구하겠다는 꿈 말일세."

남궁가로서도 운현의 이야기를 주시하고 있는 듯했다. 그의 꿈이 무엇인지 알 정도라면, 다른 많은 것도 알 것이다.

그렇기에 물은 것일 게다. 의원으로서도 무인으로서도, 창천일로를 걷고 있는 운현이 아닌가.

전에는 인연을 쌓을 한 명의 천재였더라면, 이제는 의방을 운영하는 의원이며 동시에 무력도 갖춰가는 무인이었다.

명사는 못 되어도 명사가 될 자며, 그 이상이 될지도 모를 가능성을 가진 운현이었다.

그런 자의 동태를 묻는 것은 당연한 일이다.

'……쉬우면서 어려운 질문이로군.'

결국, 남궁현의 물음은 개인적인 물음이면서, 동시에 남궁가의 물음이기도 했다.

'이것은 시험이다.'

동시에 어쩌면 무가로서 경쟁자가 될지도 모를 운현을 도울지 말지를 결정하는 기로에 선 질문이기도 했다.

"맞습니다."

"그러한가……."

"예. 모두를 구하는 것은 무리겠지요. 하지만 한 성, 한 성의 사람들을 최대한 구하는 것은 가능하지 않겠습니까?"

"최대한 구하는 것이라…… 그렇다면 어째서 호북으로 한정하는 것인가?"

"마음 같아선 모두를 구하고 싶습니다만은…… 무리 아니겠습니까? 사실 호북을 구한다 말하는 것도 욕심임을 압니다."

"욕심이라…… 지금의 속도라면 그대는 가능할지도 모르

는데도?"

"가능하도록 노력할 뿐이지요."

"……그릇이 크군."

운현을 인정하는 말이었다.

단순히 천부적 재능을 가진 것뿐 아니라, 일을 현실화 할 줄 아는 그의 모습을 크게 보는 듯했다.

"과찬이십니다."

"아니네. 남궁가에 기대어 겨우 당주 일을 맡은 나랑은 전혀 다르구먼. 대단하네."

"……그저 열심히 할 뿐이지요."

"그런가…… 그렇다면 마지막으로 묻겠네. 그대는 무가로서 크고 싶은 것인가. 진정 의원으로서 크고 싶은 것인가? 의방의 무인들은 무슨 의미인 건가?"

이게 진짜다.

운현이 무가로서 큰다면 경쟁자가 될 수도 있음이다. 그렇기에 그들은 어쩌면 의뢰의 대가인, 본래 하려던 거래도 제대로 하지 않을지 몰랐다.

'남궁가의 입장을 이해 못 할 것도 아니지.'

같은 무가가 크게 된다면, 비록 지역은 달라도 언젠가 겨룸이 있을 수 있으니까. 그들의 물음은 수순이기도 했다.

솔직하게 말하자.

운현은 그리 생각했다. 여기서 거짓을 말해 봐야 남궁가는 금방 파악할 거다.

"의방으로서입니다. 사람을 치료하고, 아프지 않도록 예방하려 함이 첫째 목적입니다."

"그렇다면 키우는 아이들과 이미 모집한 무사들은 무엇인가?"

"고아들은 구하는 아이들이며, 동시에 지켜 줄 자입니다. 저와 꿈을 함께할 아이들이기도 하지요."

"지켜 줄 자라…… 그리고 꿈을? 의방에 있어 무력이 그 정도로나 필요한 것인가."

"예. 필요로 하더군요. 벌써 산적들의 침략에…… 저와 함께 하던 장인들도 납치당한 적이 있지 않습니까? 의방이 커지니 자연스레 지킬 힘이 필요로 하더군요. 그래서입니다."

"그렇다 해도 과하다 여기지는 않는가?"

단순히 의방이라고 보기에는 과하게 보이는 것인가.

하기야 운현보다도 더 유명한 의선문도 처음엔 하나의 의방일 뿐이었다. 그들도 처음에는 자신의 몸을 호신하고자 무공을 익힌다 했다.

그런데 지금은? 무공의 일익을 담당하는 자들 중 하나다.

또한 정파이며 동시에, 같은 무가끼리는 경쟁자이기도 한 존재다. 그런 수순을 밟고 싶지 않은 듯했다. 무가로서의 경쟁자를 더 두고 싶지 않은 것이다.

'그래도 어쩔 수 없지. 할 일은 해야 하니까.'

물러날 수는 없었다.

여기서 물러난다면, 남궁가는 깨끗하게 물러날지 몰라도 다른 이들 또한 같은 물음을 계속해올 것이다.

무가가 아니냐고. 의방을 표방하지만, 결국 의선문과 같이 문파가 되는 것이 아니냐고 물을 것이다.

쐐기를 박아야 했다.

"과하지 않습니다. 지금 미리 쐐기를 박고 말씀드리지요. 저희 사람들을 지킬 힘을 가질 겁니다. 그러니 무력은 필요하겠지요. 하지만 그것이 무가로서의 힘은 아님을 분명히 알아 주십시오."

운현은 자신의 진심을 담아 남궁현을 직시했다.

남궁현이라 해서 그의 눈을 피하지 않았다. 다만 그도 지금의 상황이 마음에 들지 않는 듯, 침중한 표정으로 그를 직시했을 뿐이다.

아주 잠시의 뒤. 남궁현이 큰 한숨을 내쉬며 말한다.

"결국 그대의 진의를 믿는 것 외에는 달리 방법이 없는 것이로군? 어차피 그대는 우리가 돕지 않더라도 어떻게든 할 인물이니까."

"진의입니다. 의방으로서 성장하려 할 뿐, 무가로서는 분명 아닙니다. 저, 그리고 우리 의방을 지키기 위한 무력을 쌓을 뿐이지요."

"……."

결국 같은 말의 반복, 하지만 직접적인 답이다.

남궁가로서는 선택을 할 수밖에 없을 것이다. 운현의 말을 믿어야 할지, 아니면 경쟁자가 될 수도 있는 무가로 보아 돕지 않을지를 결정해야 하는 것이다.

그들이라고 해서 과장되게 행동하는 것은 아니었다.

그저 한 천재로서 잠시 떠오를 무인이라고 보기엔, 운현의 행보가 파격적이며 또한 효율적으로 의방을 키워가니 견제를 할 수밖에 없는 것이다.

"개인적으로 그대를 믿기는 하네. 하지만 이 말을 어르신들이 어찌 들을지는 지켜봐야 할 일이겠지."

"……잘 부탁드릴 뿐입니다."

"나도 최선을 다할 것이네. 나와 우리 아이의 일도 있었으니까. 그러나 확답은 못 주겠군. 어쩌면 가문 어르신이 더 다녀갈지도 모르지."

"그건 좀 많이 부담스럽군요. 하핫."

"어쩌겠는가. 내가 그대를 좋게 보아도, 가문의 모두가 그럴 수만은 없을 테니까. 그래도 말일세."

역시 단순한 담소를 나누기 위함은 아니었는가. 이번 대화는 진정 중요한 일이었던 듯하다.

“최선을 다할 것이네. 몇 번이나 이야기하듯. 확실히.”

“믿습니다. 어르신을 믿지 못하면 또 누굴 믿겠습니까.”

“허허. 자네야말로 내 얼굴에 금칠을 하는구먼.”

몇 번 마주하지 않은 자다. 하지만 그는 확실히 믿을 만한 자였다.

그거 의뢰비라 하여 건네주었던, 영약들만 하더라도 운현에게 큰 도움이 되지 않았던가. 어릴 적의 그때처럼 그가 여전히 은혜를 잊지 않는 자라면 분명 도와는 줄 것이다.

‘이 일이야…… 이 정도면 매듭지어도 되겠지.’

지금 중요한 것은 그런 문제가 아니었다.

의방에 관한 이야기로 한 고비를 넘기니 바로 다음 문제가 생각난 운현이다.

“그런데 말입니다. 어르신. 긴히 할 이야기가 있습니다만은…….”

“뭔가? 자네가 그렇게 이야기를 하니, 내 긴장이 다 되는군.”

심각해져 가는 분위기를 풀어보려는 듯 너털웃음을 지어 보는 남궁현이다. 남궁가로서의 일도 끝났다 여겼으니, 분위기를 풀어 보고자 하는 것이다. 하지만 이것은 운현보다도 남궁현에게 더욱 중요한 문제일지도 몰랐다.

"중요한 문제입니다."

"뭔가?"

그제야 그가 다시 진지한 표정을 지어 보인다.

"남궁미 소저에 관련된 이야기지요. 이번 일을 하면서……."

운현의 조금은 긴 이야기가 시작되었다. 임무를 하며 겪었던 일, 그로 인해 입은 남궁미의 충격, 잃어버린 동료, 남궁가의 자제로서 쌓아 온 듯한 그녀만의 어둠까지.

"……이러해서 말씀을 드린 겁니다."

"남궁가의 자제로서 짊어져야 할 짐이 그리 된 것인가……."

"그런듯합니다. 애써 짐을 짊어지며 노력을 하고 있는 소저인데, 아주 잠시지만 휴식을 취해도 되지 않겠습니까."

"휴식이라……."

"……해서 요청을 하나 드립니다. 어쩌면 과한 요청일 수도 있지만 소저와 인연이 닿았으니 안 할 수가 없군요."

"그래. 무엇인가?"

"잠시만 그녀에게 휴식을 할 수 있도록 해 주시지요. 이왕이면 제가 옆에서 지켜봐야겠습니다."

"……."

남궁현의 처음 대답은 침묵이었다.

第十四章
다시 집으로

'흐음…… 멀군.'

울창한 숲 한가운데에 있던 작은 산채를 파쇄한 이명학이다.

그때의 그는 정파인에 어울리는 올곧은 정신을 가진 그이기에, 한 점의 망설임도 주저함도 없었다.

산적으로서 자신을 막던 자들을 격살했고, 그들을 이끌던 자 또한 쉬이 이겨냈다.

살아남은 자들은 모두 묶어 관아로 보내었으니, 마무리도 깔끔하다 할 수 있었다.

그게 그가 수련행에 나서 처음 한 업적이었다.

정파 후기지수라면 누구나 한 번쯤은, 올려내는 업적이기도 했다. 아직 별호가 생긴 것은 아니지만, 얼마 뒤 생길지도 몰랐다.

과연 이러한 업적을 쌓는다 해서, 정파인들의 말처럼 세상이 정화될지는 모르겠으나 산적이 악이라면 악을 벌한 건 맞지 않은가.

선행이라면 선행이었다.

'생각보다는 멀군.'

한 번의 선행과 거기서 주는 만족만으로도 그는 멈출 생각은 않았다. 작은 만족으로 그칠 수는 없었다.

'동생만큼은 해야 하지 않겠는가.'

둘째인 문환을 말함이 아니다.

그 아이 또한 자신과 비슷한 성취를 보이고 있지만 그 정도는 괜찮았다. 자신 또한 노력하고 있었으니까.

운현을 말함이다. 그 아이는 막내임에도 자신보다도 더욱 잘 해나가고 있었다.

'멋지지.'

질시나, 질투 같은 감정으로 동생만큼은 해야 한다 생각한 것이 아니다.

그래도 이왕지사 가문의 첫째로 태어났으니 자신이 형이지 않은가. 자신은 무당에 뿌리를 박을 터이니, 가문을 이끌 상황도 아니긴 하지만 그래도 첫째로서 가지는 자연스러운 욕심 정도는 있었다.

대단한 동생이니 동생만큼은 못되어도, 동생 정도는 해 보자 하는 욕심이다.

그로서는 진정 순수한 감정의 발로였다.

그렇기에 앞을 헤쳐 나가는 그의 눈이 더욱 빛이 나는 걸지도 몰랐다. 사특함 하나 없는 순수함으로 가득 채워져 있었으니까.

그런 그가 앞을 헤쳐 더욱 안으로 나아간다. 숲이 아닌, 사람들 사이를 헤쳐 지나감에도 막힘이 없었다.

"저기군……."

그가 눈을 밝힌다. 자신의 새로운 목표를 향해서.

과연 이것이 그의 순수한 만큼이나 순수한 대결이 될지는 모른다. 하수라 할지라도 죽을 수 있다.

그럼에도 그의 눈은 불안감 한 점 없이 빛나고 있었다.

*　　*　　*

일은 잘 풀렸다.

자신과 진심이 통한 남궁현이 설득을 잘해 준 것인지 운현이 생각한 것 이상으로 많은 이권을 얻을 수 있었다.

운현의 대에 한정이 될 수도 있지만, 그가 만들 영약에 대한 제조법과 함께 유통도 함께할 수 있게 됐다.

이중으로 구매한 것이 아니냐 할 수 있지만 당연한 조치다.

제조법만 구매를 하겠다고 하는 건, 운현의 노하우를 일부 전수받고 싶다는 말이나 다름없었다.

운현으로부터 제조법을 구매함으로써, 새로운 제조법을 남궁가가 본래부터 가지고 있던 영약의 제조에 사용할 예정이었을 거다.

하지만 운현이 만들 영약까지 구매함은 이야기가 달랐다.

운현의 제조법으로부터 비법만 얻겠다는 것이 아니라, 약 자체를 구매하게 되면 돈이 더 크게 오고가게 된다. 지속적으로.

남궁가와 운현이 지속적으로 거래를 하게 된다는 소리다. 그리되면 표행은 누가 맡겠는가?

아버지가 운영하는 이통표국이 맡게 되는 건 당연한 수순이다.

영약을 지속적으로 구매하겠다는 건, 그런 큰 의미가 있는 것이다.

운현을 포함하여 이통표국에게도 안휘성에서 거래를 할 수 있는 거래 건을 주겠다는 어마어마한 소리다.

게다가, 지속적으로 의방에 교류까지 하기로 했으니 이만한 일이 또 없었다.

그러니 자연스레 남궁가를 떠나야 하는 운현의 발걸음도 가벼울 수밖에.

그가 밝은 표정으로 마중을 나온 남궁현에게 가장 먼저 인사를 올렸다.

"그럼 먼저 출발하겠습니다."

"허허. 그러게나. 잘 부탁하네. 앞으로도 잘 부탁하고."

"아무렴. 문제가 있겠습니까? 항상 최상의 것으로 올릴 겁니다."

"허허. 믿겠네."

남궁현으로서는 좋게 본 젊은이인 운현과 거래가 잘된 것이 아주 마음에 든 듯했다.

그를 시험하는 역을 맡기는 했지만 적어도 그는 남궁미를 제외하고 이곳 남궁가에서 가장 믿을 만한 자였다.

"예. 믿음에 보답하겠습니다. 확실히 약속드리겠습니다."

"허허. 패기가 넘치니 좋구먼. 그리고 미야."

운현에게 한 번 웃어 보이고는 남궁현이 남궁미를 바라봤다.

부드러우면서도, 무거운 아버지들만이 가질 수 있는— 무뚝뚝하기는 해도 딸아이에게는 부드러워지는 아버지의 표정이었다.

“예, 아버지.”

“잠시 쉬는 걸 어렵다 생각지 말거라.”

“…….”

운현의 요청은 결국 받아들여졌다. 가문의 짐으로부터 남궁미가 잠시 벗어날 수 있게 된 거다.

‘어르신도 어려운 결정이었겠지…….’

현 중원의 상식으로 하기 쉬운 결정은 아니었을 것이다.

많은 이들이 명가의 자식을 부러워하곤 하지만, 명가의 자식으로 태어난 이들에게는 그에 따른 대가가 따른다. 가문에서 주어진 의무다.

많은 것을 누릴 수 있지만, 동시에 많은 것을 해야 했다.

그들에게 주어진 기대, 책임, 의무를 다 해야 했다.

원치 않은 이와 혼인까지 하는 것을 자연스레 여길 정도의 무거운 의무다.

그런 의무에서 잠시 쉴 수 있다는 것은 축복이면서 동시에, 남궁미의 마음을 무겁게 할 수밖에 없었다.

남궁가의 자제로서 다른 의무를 하지 못한다는 것에서 오는 불안감이 있을 수밖에 없다.

이를 결정한 남궁현으로서도 그보다 어른들에게 설명을 하는 것조차 어려웠을 거다.

'무언가 핑계를 댔겠지. 그렇지 않고서는 힘들었을 거다.'

아무런 말도 못하는 남궁미의 손을 남궁현이 꼭 잡았다.

"너는 잘하고 있단다. 이 아비가 보증한다."

"……."

결정타인 말이었을까.

마음이 약해진 그녀에게 남궁현의 말이 많이 와 닿은 듯했다. 그녀의 눈이 조금 더 붉어진다.

"가서도 잘하거라. 언제나 이 아비는 네 편이다."

"예……."

"그래. 그거면 되었다. 허헛. 와서는 웃으면서 보자꾸나?"

"네. 꼭 그럴게요."

모든 아버지가 그렇겠지만, 남궁현은 마음을 표현할 줄 아는 좋은 아버지다.

운현도 남궁현의 모습을 보며, 근래 보지 못한 아버지가 다시 보고 싶다는 생각이 들었다.

또한,

'다행이군…….'

아버지에게 위로받은 남궁미가 조금은 치유가 되지 않았을까 생각하는 그였다.

그녀는 침착하나 아직 어렸고, 많은 것을 짊어지기에 아직 보호받아야 할 사람이었다. 잠시의 휴식 정도는 괜찮을 것이었다.

"다녀오겠습니다. 아버지."

"허허…… 그래. 가거라."

남궁미가 아버지에게 인사를 올린다.

그러곤 더 있으면 감정이 격해져 눈물이라도 떨굴 거라 여겼던지, 황급히 몸을 돌려 앞을 나아간다.

그런 그녀를 운현이 함께 뒤따르고 있었다.

* * *

안휘의 중심에 있는 남궁가로부터, 호북성에 도달하기까지는 꽤 많은 현을 지나야 했다. 경공을 써도 시일이 꽤 걸릴 정도였다.

허나 일은 없었다.

대 남궁가의 영역이지 않은가. 일이 있으려야 있을 수가 없었다.

허접한 산적조차도 없었으며, 정파의 영역이라지만 사파 무사들도 웬일인지 단 하나도 보이지 않았다.

바빴던 그들의 여정을 쉬게 해 주려는 것인 듯, 한가함이 느껴질 정도였다.

덕분에 호위무사 없이 남궁미와 단둘이 움직임에도 어느

하나 문제가 없었다.

가끔씩 부부 행세를 하며 욕탕을 간 것이 생각이 나곤하는 운현은 사소한 문제로 넘어가도 괜찮지 않겠는가.

"이제는 얼마 안 남았군요. 길어야 일주 정도면 안휘성도 벗어나겠군요."

"예. 그렇게 되네요."

그녀는 예의 전의 무뚝뚝한 태도로 돌아왔다. 임무도 없으며, 책임져야 할 자도 없어서인지 할 말이 별로 없는 듯했다.

'하기야…… 원래 이렇게 말 없는 게 본래 성격이긴 했지.'

다른 사람에게는 이상해 보일 모습이지만, 원체 말이 없어 보이는 그녀이니 자연스러워 보였다.

그녀가 본래의 모습을 보인다는 건, 여정이 편하다는 반증이지 않겠는가. 그럼에도 같이 가는 운현으로서는 심심함이 좀 더해질 수밖에 없었다.

"그나저나, 가서는 대련을 해야 한다고요?"

"예. 아버지가 남궁가와 의방의 교류를 핑계로 저를 등산에 보내줬으니까요. 하기는 해야 할 거예요."

"흐음…… 대련이라. 저희 무사들이 한 수 배울 수 있겠군요. 하하."

대련이라면 무사들과 함께 하지 않겠는가. 당연한 생각이다.

하지만 그녀의 생각은 그게 아닌 듯했다. 고개를 도리도리 저으며 말했다.

“아니에요. 어른들은 그걸 원치 않습니다.”

“그렇다면 누구와…… 설마 저입니까?”

운현이 자신을 가리킨다. 조금 얼떨떨한 기색이었다.

그의 태도에도 남궁미는 당연하다는 듯 표정 하나 바꾸지 않고 고개를 끄덕인다.

“예. 그렇게 해야 할 겁니다. 저는…… 이미 신의님께서 그리 생각하고 있으신 줄 알았는데요?”

“전혀 아니었습니다만은…… 생각도 못 했습니다.”

“그렇다면…… 정식으로 요청 드리겠습니다. 앞으로의 대련을요. 잘 부탁드리겠습니다.”

그녀가 푹 고개를 숙인다. 정중함에 몸 둘 바를 모를 정도였다.

“아, 예…… 어색하기는 하군요. 제가 뭐 대단할 게 있다고.”

“아니요. 대단하지요. 절정에 의원으로서도 신의잖아요? 신의님이 대단치 않으면 누가 대단하겠어요.”

그녀는 진지했다.

"……너무 금칠을 하시네요. 그저 노력하는 거지요."

운현으로서는 이렇게 밖에 말할 수 없었다.

실상 그가 절정에 이른 건 돈을 통한 도박 덕분이지 않던가.

영약을 덩어리째 섭취하지 않았다면 무리였다. 다들 절정이라 말을 해 주겠지만, 그로서는 내심 걸리는 바였다.

'……묘하게 걸리는 바도 있고.'

처음 절정에 올랐을 때는 몰랐지만, 몸에 작게 거슬리는 감이 있었다.

그가 근래 가지고 있는 심적 고민 때문일 수도 있지만 이 점도 언제고 짚고 넘어가야 할 바다.

그러니 그녀의 대단하다는 말이 그로서는 그저 황송할 뿐이다.

"노력도 분명 있기는 했지요. 옆에서 봐왔으니까요."

"예. 그리고 운도 좋았던 겁니다. 아시잖습니까?"

"운일까요?"

"예. 그런 겁니다. 운이 없었더라면, 불가능했을 일이니까요."

그녀의 눈에 불만이 스쳐 지나간다.

감정 표현을 잘 하지 않으려는 그녀치고는 큰 감정이 스쳐 지나간 셈이다.

"저는 단순히 운 때문이라고는 생각지 않아요. 그리고 확인해 볼 참이고요."

"확인 말입니까?"

"예. 확인이요."

"아……."

대련이 편하지만은 않겠구나라고 생각하는 운현이었다.

임시 총관으로 있는 제갈소화야 눈으로 확인하고, 교류를 하는 것으로 만족하지만 남궁미가 그러겠는가.

그녀는 말로 하기보다는 행동을 먼저 하는 여인이다. 대련을 통해서 확인을 하려 할 게다.

'고생길이 훤해진 느낌이군…….'

앞으로 있을 일에 대한 기대보다는 떨림을 간칙한 채 호북을 향해 몸을 움직이는 운현이었다.

*　*　*

베고 또 베었던 명학이다.

무당파의 검객으로서, 수련행을 나선 그에게 호북은 좋은 곳이었다.

산적의 횡행으로 인해서 산적이 된 자들. 토벌의 손길을 피해 도망쳐 뿔뿔이 흩어진 채 호북에 곁다리로 남아 일을 벌이는 자들까지.

당하는 양민들에게 좋은 일은 아니지만, 정파인들 중에서 실전을 겪을 자에게는 좋은 환경이었다.

정의로움을 지키면서도, 범죄가 있음이 곧 호재로 작용하는 것이 모순이지만 세상이 본디 그러지 않던가.

"……사, 살려 주시오. 속죄하겠습니다요. 다시는 이러지 않겠습니다!"

"그래야 할 것이다."

"정말 살려주시는 겁니까?"

"그래. 그러니 일단은 관아로 가자."

명학은 성실한 성격을 증명이라도 한 듯, 끊임없이 잔당들을 소탕해 나갔고 고지식할 만치 확실하게 가능하면 관아로 잡아갔다.

덕분에 무당도사임에도 관아에 자주 들르면서 혁혁한 공을 세워 무당관검(武當官劍)이라는 별호를 처음 얻었을 정도다.

관과 무림이 내외를 하는 사이임에도, 얻은 별호이니 참 재밌기는 했다.

명학은 처벌마저도 고지식하게 처리했다.

"죽으라는 소리 아닙니까요!"

"처벌은 바로 받아야지. 네 죄가 가벼우면 살 수도 있다."

"차라리 죽이쇼! 관아를 가면…… 다른 잔당을 불라고 고문이라도 할 겁니다."

"관아가 그럴 리가. 관아는 그런 곳이 아니다."

살려달라며 재산을 바치면, 그걸 양민들에게 베풀었다.

진심으로 관아에서 고문을 할 리가 없다고 믿는 듯 듯, 살려달라 해도 일단은 관아로 데려갔다.

협상이 안 통하는 존재다.

결국 돈도, 회유도, 거짓 회개도 전부 먹히지 않으면 뒤는 거의 비슷했다.

"이, 이익! 차라리 죽여라! 우와아악!"

이미 진 것을 알면서도 달려들었다. 그런 자를 상대로 명학은.

'……어쩔 수 없는 것인가. 무량수불.'

고지식하리만치 도인처럼 생각하며,

"크읏……."

검을 들어 베었다. 한 점의 군더더기 없이 깔끔하게.

대련, 관아로 포송, 그도 안 되면 즉결. 그게 그다운 방식이었다.

어린아이들이 소설에서나 읽을 정파인다운 모습이었으며, 실제로 보기 힘든 모습이기도 했다.

그처럼 진심으로 정파인으로서 행세를 하는 자도 또 없었을 것이다.

그런 그의 모습이 웃겼는지, 그의 뒤로부터 생각지 못한 목소리가 들려온다.

“푸하핫. 네 녀석 재미있는 놈이로구나. 아주 재밌어.”

“어느 고인이십니까?”

아무 일도 아닌 듯, 물어보는 명학이었지만 속으로는 잔뜩 긴장을 했다.

그가 인기척을 느끼기도 전에 뒤를 잡혔기 때문.

‘고수.’

그가 암습을 하고 그를 노렸더라면, 바로 죽음으로 이어졌을 것이다.

“고인이라. 너는 내가 고인으로 보이느냐?”

“……젊으시군요. 그래도 대단하신 무공입니다.”

허름한 옷가지에 대충 걸린 검. 낭인으로 보이는 모습이지만, 실력은 진짜다.

“인정이 빠르구나. 보통은 이 행색을 보고 절대 인정을 안 할 텐데?”

“사실이지 않습니까. 아니라고 말해서 사실이 변하지는 않지요.”

명학은 고지식하나, 인정이 빠른 자였다. 논리만 맞는다면 뭐든 받아들일 줄 아는 자이기도 했다. 단지 응용을 잘

못할 뿐이다.

그 모습이 마음에 들었는지, 낭인으로 보이는 사내가 크게 또 웃어 보인다.

"……크흣. 재미있는 아니구나. 아주 재밌어. 그런데…… 안타깝게 되었구나. 아주 안타깝게 되었어."

"뭐가 그리 안타까우시다는 겁니까?"

자신이 상대의 무공을 인정하는 것이 뭐가 안타까운지 명학은 실로 궁금했다.

그로부터 뭔가 배울 것이 있을지도 모른다는 듯 귀까지 쫑긋 세웠을 정도다.

"괜찮은 놈인데, 누워야 할 테니까. 너무 걱정은 말거라. 죽이지는 않을 거니까."

"……적이로군요."

스르릉.

명학이 그 성격만큼이나 깔끔하게 검을 빼어 들었다. 적이라 판단했으니, 바로 대응 자세를 갖추는 것이다.

"뭘 하든 빠르군. 인정도, 판단도. 괜찮은 아이였어. 쯧."

사내는 그런 명학을 보며 진심으로 안타깝다는 듯, 중얼거릴 뿐이었다.

그리고!

그가 말이 끝나자마자 갑작스럽게 몸을 날렸다. 가까운

거리임에도 보법이 아닌 경공술을 잡았다.

그런데 그 속도가 워낙 전광석화 같은지라, 명학으로서는 그의 신형 끝만을 보았을 뿐이었다.

그 대가는 매우 컸다.

"쿳……."

어느샌가 뽑아진 낭인의 검이 그의 오른쪽 어깨를 관통하고 있었다.

명학이 순간적으로 몸을 틀거나 해서 오른쪽 어깨가 찔린 것이 아니다. 차라리 피할 수 있다면 오른쪽 어깨를 피했을 거다.

검사라면 어깨를 피해야 했다.

처음부터 노리고 찌른 거다. 낭인이 복부를 찌르고자 했으면, 복부를 찔렸을 거다. 심장을 원했으면 심장이 관통됐을 거다.

확실히 노린 거다.

검에 한 번 찔렸을 뿐임에도, 이종진기라도 들어온 듯 명학은 아무런 말을 하지 못했다.

스러져 가는 정신을 붙잡고서는 명학이 물었다.

"왜, 왜…… 대체……."

차라리 죽였더라면 이런 물음을 하지 않았을 거다. 하지만 그는 처음부터 그의 어깨를 노렸다.

거기다 어깨에 꽂힌 검 사이로 이종의 진기가 자신의 몸을 휘젓기 시작했다.

내상이 시작될 수밖에 없었다. 죽음보다 더 큰 고통을 주고 있었다.

차라리 죽으면 깔끔했을 거다. 가족이 슬퍼하더라도.

하지만 이건 아니다. 이건 마치, 명학의 무인으로서의 삶을 죽여 버리기라도 하려는 듯했다.

사내가 명학의 얼굴을 보며 비릿 웃고서는, 명학의 귀에 속삭인다.

"……왜라. 너는 좋은 ……이니까."

잘못 들었을까? 무슨 이유에서인지 명학의 눈이 크게 뜨여진다.

낭인은 명학의 표정이 마음에 들기라도 하는 듯, 비릿하게 웃어 보였다. 자신이 만들어 놓은 결과물이 아주 마음에 든 듯했다.

검집에서 검을 뽑아내듯 명학의 어깨에서 검을 뽑아낸다.

검상보다도 이종진기로 인한 내상에 버틸 힘이 없는 명학의 몸이 그대로 주저앉는다.

"크큿. 우리만 잃을 수는 없지 않느냐? 한번 버텨 보려무나."

"……"

주저앉은 채로도 명학은 사내를 쳐다보기를 멈추지 않았다.

사내의 얼굴을 기억하려는 듯, 절망적인 상황에서도 어떤 수를 내보려는 듯 몸을 움직이려 했다.

까닥—

그의 발이 잠시지만 꿈틀거렸다. 초인적인 의지로 움직였을 것이 뻔했다.

"형제가 다들 독하구나……. 그래. 그래야 가치가 있는 것이겠지. 다음에 또 보자꾸나."

명학을 그대로 둔 채로, 사내가 몸을 움직인다.

이대로라면 지혈이 되지 않아, 죽을 것이 뻔한 상황이었다. 길어야 반 시진이나 겨우 살아남을 수 있을 거다.

그런데,

"관검님!"

어떻게 자신이 이곳에 있을 것을 알고, 얼마 전 신세를 졌던 집의 주인인 무당의 속가제자가 찾아온 것일까?

'……이 사실을…… 말해야 할 터인데……'

명학은 마지막 생각을 끝으로 그대로 혼절했다.

第十五章
급작스러운 소식

어스름한 안개가 진득하니 깔려 있는 연무장 위로 두 인형이 마주하며 서 있었다.

운현과 남궁미다.

묘시(5—7시)에서 진시로 넘어가는 경계에 있는 때였다.

이른 아침이라 볼 수도 있지만, 해가 느지막이 뜨고 있으니 아직 새벽이나 다름없었다.

그럼에도 이미 한바탕 겨룸을 한 듯 연무복조차 땀으로 젖은 지 오래였다.

절정인 운현조차 땀으로 연무복이 젖을 정도이니, 남궁미는 어떻겠는가.

"하악…… 하악……."

운현 이상으로 지쳐 있는 것이 당연했다. 신음을 참지 못하고 내뱉을 정도다.

신음을 삼킬 수 있다면, 삼킬 성격인 남궁미니 이른 아침부터 어마어마한 대련을 한 듯했다.

선정적으로 보일 수도 있는 모습이지만, 운현은 되려 쩔쩔매고 있었다.

"오늘은 이만이면 족하지 않겠습니까? 아직 이른 시간입니다."

"한 번만…… 하악. 한 번만 더요."

"이거 참…… 안 그래도 매일 대련하고 있지 않습니까? 오늘은 저도 일이 많으니 부탁 좀 드리겠습니다."

예정된 일이 많은 오늘이었다. 평소라면야 모르겠지만, 오늘은 무리일지도 몰랐다.

그럼에도 남궁미는 무엇에 그리 불이 붙었는지 끝을 허락할 줄을 몰랐다. 욕심에 불타는 눈빛이다.

물욕도 거의 없는 그녀가 욕심에 불탈 만한 일이라면, 무공에 대한 것이 분명했다.

"그럼…… 한 초식만요. 마지막 초식. 딱 한 번이면 돼요."

조금의 시간으로 숨을 고르는 데 성공했는지, 그녀가 신음을 멈추고서는 자세를 곧추 잡는다.

'……어쩔 수 없나. 괜히 보여 준 걸지도 모르겠군. 나도 실험 중인데 말이지.'

이대로라면 한 초식을 더 보일 때까지 매달릴지도 몰랐다. 무공에 대한 욕심이 강한 그녀의 성격대로라면 졸졸 따라다닐지도.

그 모습도 제법 구경을 할 만하겠지만, 오늘만큼은 사양이었다.

"좋습니다. 그럼 딱 한 초식입니다."

"네! 오세요!"

즈아앙—

순식간. 운현의 내부에서부터 선천진기가 날뛰기 시작한다.

마치 이종진기가 쳐들어온 듯 진기가 들끓었다.

이런 식으로 진기가 들끓게 되면 내상을 입을지도 모른다. 위험한 짓이다.

그런데도 운현의 표정은 변화가 없었다. 고통이 없는 것처럼 보일 정도다.

날뛰는 기운, 그것을 하나로 응집하여 검으로 내뿜으면!

검기도 강기도 아닌, 그 중간의 묘한 것이 만들어진다. 검기의 다발이 날뛰는 검사도 아니었다.

'……그 무언가지.'

새로운 그 무언가였다. 아직 완성되지 않은 그 무엇.

이것을 완성한다면 새로운 길이 될지도 모를 무언가를 생성해냈다!

운현으로서도 이것을 형성할 수 있는 것은 아주 촌각!

"갑니다!"

짧은 단어를 외치며 운현이 남궁미에게로 부딪쳐 간다.

벤다는 의지. 약하지만 그런 의지를 담아 위에서 아래로 길게 검을 내리치는 운현이다.

남궁미는 기다렸다는 듯 오른발을 반 보 물리며, 운현에게 닿을 수 있는 자신의 범위를 최대한 줄인다.

그러고는,

'창천…….'

자신이 할 수 있는 절초를 날려 운현의 검에 마주한다.

콰아앙—

폭음이 울렸다. 둘 모두 완전한 맞섬을 택한 것은 아니었다. 어디까지나 대련이었으니까.

비록 완벽하게 조절할 수 있는 초식을 사용한 것은 아니지만, 부상까지 이어지지는 않았다.

다만, 남궁미의 앞섶이 자신도 모르게 잘렸을 따름이다.

"휴우…… 아슬아슬했습니다."

"……역시 대단하네요."

자신의 앞섶이 찢어진 것도 모르는지, 그녀는 운현의 초식에 대한 짧은 평만을 할 뿐이었다. 진심으로 감탄한 눈빛이다.

"아직 미완입니다. 완성이 될지도 모르겠고요."

"……전에 보지 못하던 형태예요. 이 이상으로 나아가면 새로운 절기가 될지도 모릅니다."

그녀는 운현과 무리(武理)에 대한 논함이라도 하고 싶은지 눈을 빛내며 운현의 말을 받고 있었다.

정말 이대로라면, 하루 종일 운현과 토론이라도 하려는 모습이다.

"과찬입니다. 그나저나 일단은 의방 일부터 좀 봐야겠군요. 오늘은 예정된 게 많으니까요."

"……예. 그래도 저녁에는 괜찮겠지요?"

"가능하면요. 그래도 장담은 못 드리겠네요."

"네에……."

아리따운 여인의 요청임에도 운현은 그럴 수가 없었다.

아쉬운 표정을 짓는 그녀의 표정이 귀여울 정도지만, 어쩌겠는가.

오늘은 일이 너무 많았다.

"그럼 먼저 움직이도록 하겠습니다."

"네에. 오늘도 감사합니다."

거창하기만 한 아침 대련의 끝이었다.

*　　*　　*

다음은 바로 의방 회의였다. 운현이 만든 절차로, 하루를 시작하며 의방 일에 대해 논의하는 시간이었다.

"그럼 오늘은 이것으로 마치지요. 저는 먼저 움직이도록 하겠습니다."

다행히도 의방 자체는 특별한 일이 없었기에, 회의 자체는 금세 끝낼 수 있었다.

이조차 복잡했더라면 천하의 운현이라도 이른 오전부터 피로감을 느꼈을지도 몰랐을 거다.

'아이들한테 교육할 걸 더 정리하긴 해야 하지만…… 그건 제갈 소저가 일단은 처리하고 있으니까…….'

여러 가지 업무를 배분한 그는, 앞으로 어찌해야 할까를 또 고민하며 바쁜 발걸음을 놀렸다.

오늘은 다른 무엇도 아닌, 약초밭을 들러야 할 날이었다.

오랜 연구 끝에서 결국 여러 가지 약초를 기르는 데 성공했다.

비록 대단한 약효를 가진 것들은 못 되지만, 그래도 성과라면 대단한 성과였다.

이를 확인하러 움직인 것이다.

"허헛. 오셨습니까?"

운현을 맞이하는 방 씨의 표정이 밝기만 했다.

항시 있던 망태기는 어디론가 가고, 흙 묻은 옷을 자연스레 입고 있었다.

산길을 다닐 때면, 흙은 물론이고 초목들에 긁혀 풀물이 깊게 들던 모습과는 또 다른 모습이었다.

'비슷하면서 묘하게 다르군.'

약초꾼의 태를 완전히 벗고 약초 농사꾼으로서 확실히 전직을 한 듯했다.

일에 확실히 집중을 한다는 이야기니, 일을 맡긴 운현으로서는 좋은 현상이었다.

"예. 그간 자주 찾아오지 못해서 죄송합니다."

"허헛. 신의님이 바쁘신 것은 등산현 사람이면 다 아는데 죄송할 리가요."

"그래도 할 건 해야 하니까요."

"신의님은 정말 변하시지를 않는군요. 허헛. 그나저나 이것부터 보시지요."

일을 해냈다는 것에 여유로움을 찾은 건지, 방 약초꾼이 여유를 담은 표정으로 무언가를 꺼내어 들었다.

"반익초군요."

"예. 역시 바로 알아보시는군요. 이놈이 우선 가장 재배가 잘 됩니다."

"호오…… 좋군요."

반익초는 해열제로 자주 쓰이는 약초다. 귀하지는 않지만, 약효는 그럭저럭 괜찮은 편이다.

"일단은 이게 가장 쉬웠습니다. 그래서 가장 먼저 보여드린 거기도 하지요. 그리고 다음은 이것을 보시죠. 부끄럽긴 하지만, 이렇게라도 할 수밖에 없었습니다."

걸음을 이어 나가며, 가리키는 것은 나무였다. 단순한 나무지만, 무슨 의미로 심었는지는 알 만했다.

"은행이로군요."

"예에…… 제가 어찌 신의님 앞에서 의학을 이야기하겠느냐만은…… 은행이 좋다고 하더군요. 그래서 이것부터 몇 옮겼습니다."

"좋군요. 정말 좋습니다."

그도 처음 약초밭을 지을 당시, 정 일이 진행이 안 되면 은행나무라도 심을 생각을 하지 않았던가.

그런데 미리 심어져 있다.

그의 마음을 헤아리기라도 한 듯, 미리 일을 진행을 해 놓았으니 그로서는 좋을 수밖에 없었다.

자신이 주인이 된 것처럼 진정으로 노력을 하고 있었다.

“허헛. 알아주셔서 감사합니다. 괜한 일을 하는 것이 아닌가 싶을 정도였습니다.”

“그럴 리가요! 잘해 주셔서 제가 다 감사할 뿐이지요.”

그 뒤로 분위기는 계속 좋았다.

약초밭이 어떤지, 앞으로 얻을 성과가 더 있다는 이야기를 하는 것으로도 충분히 좋을 만 했다.

이미 얻은 성과는 둘, 셋을 더 보는 걸로도 기쁜 일이었다.

자신도 경험이 많지 않은 가운데에서 진행한 약초밭은 잘 진행되고 있었다.

이런 식으로 비법만 쌓아간다면, 언젠가는 더 좋은 것들을 길러서 얻어낼지도 몰랐다.

“여러모로 좋습니다. 이대로만 해 주신다면 좋겠군요.”

“허허, 여부가 있겠습니다.”

이제는 약초밭을 떠나 하연화가 있는 곳으로 향할 순서였다.

주기적으로 기녀들을 치료해 주는 일을 전혀 하지 못했으니, 이번에는 직접 하려 하는 것이다.

의방의 의원들이 자신이 없더라도 치료는 가기는 하지만 아무래도 자신이 직접 가는 것이 나았다.

'오랜만에 가서 확인할 필요도 있으니까.'

일이 잘 진행되는 것을 봐도 나쁠 것도 없으리라.

그런데 이게 웬일인가.

"신의님!"

저 멀리서부터 익숙하기만 한 목소리가 들려온다. 오랜만이더라도 알아볼 수 있는 목소리였다.

"연화 소저?"

그녀는 뭐가 그리 급한지, 경공을 펼쳐서까지 운현을 향해서 달려오고 있었다.

"하아…… 하아……."

그녀가 금세 운현의 앞에 도달해서는 고개를 숙이고 숨을 내쉰다.

"신의님……."

촌각 뒤 숨을 고르는 데 성공했는지, 그녀가 안타깝다는 기색으로 운현을 불렀다.

"무슨 일이신지요? 금방 기방에 가려고 했습니다만은……. 오랜만에 뵙기는 했지만, 하핫. 그리 급하셨습니까?"

그녀의 표정을 제대로 읽지 못한 건지 운현이 괜한 소리를 해 본다.

오랜만에 봐서 어색하여 그런 것도 있을 거다. 하지만 이번만큼은 분위기를 완전히 잘못 잡았다.

"신의님! 지금 그럴 때가 아니에요. 연락이 날아왔습니다. 무당파로부터요."

"무당에서 말입니까?"

"예, 무당이요."

무당이 하오문에 연락을 한다라?

지급을 요하는 일이 아니고서야 인편으로 사람을 보내는 게 무당파다. 그런데도 하오문을 통해서 연락을 보낸다는 것은.

'뭔가 있다…….'

평소와는 다른 무슨 일이 있다는 거다. 자신이 생각지도 못할 어떤 일이 있다는 말이었고.

운현은 금세 긴장을 해서는 물었다.

"대체 무슨 일인 겁니까?"

"신의님의 형님이…… 부상을 당하셨답니다."

"형님이요?"

형이 부상을 당하다니. 명학, 문환 대체 누구기에?

"예. 끝까지 들어주세요. 장손이신 명학께서 누군가에게 당했답니다. 그래서 운인 도장님이 하오문을 통해서 연락을 주셨어요. 소식을 전해 주시려고요."

"아버지랑 어머니는 아시는 겁니까?"

“사람을 보냈으니 지금쯤이면 아실 겁니다. 약초밭보다 훨씬 가까우니 먼저 아셨을지도요.”

확인이라도 해 주는 것일까. 빠른 속도로 경공을 펼쳐 운현의 아버지가 달려오는 것이 보였다. 이 무슨 촌극이란 말인가.

‘……상황이 심상찮구나.’

운현이 상상치도 못한 방식으로 새로운 일이 벌어지고 있었다.

〈다음 권에 계속〉

DREAMBOOKS

DREAMBOOKS

DREAMBOOKS

DREAMBOOKS★